Das kursiv gedachte Ich

Nicolas Bröggelwirth (Hrsg.)

Das kursiv gedachte Ich

**Anthologie der
Herforder AutorInnen-Gruppe**

Bibliografische Information der Deutschen National-bibliothek:
Die Deutsche Nationalbibliothek verzeichnet diese Publikation in der Deutschen Nationalbibliografie; detaillierte bibliografische Daten sind im Internet über http://dnb.dnb.de abrufbar.

2. durchgesehene Auflage

Herausgabe: **Nicolas Bröggelwirth**
Lektorat: **Christine Zeides, Nicolas Bröggelwirth**
Illustration: **Christine Zeides**
Mitwirkende (alphabetisch): **Nicolas Bröggelwirth, Ralf Burnicki, Petra Czernitzki, Michael Helm, Artur Rosenstern, Norbert Sahrhage, Christine Zeides**
Fotos: **Christine Zeides, Nicolas Bröggelwirth**

Herstellung und Verlag: BoD – Books on Demand, Norderstedt

ISBN: 978-3-**7448-1007-4**

Herforder
AutorInnen-Gruppe

Kontakt: herfordergruppe@gmail.com

Norbert Sahrhage

Der gestohlene Kriminalroman

Ich gebe es hier erstmals öffentlich zu. Ich bin ein Dieb, ein Bücherdieb. Daran erinnert man sich ein ganzes Leben; nicht ständig, aber gelegentlich.

Das Buch, es war nur ein einziges Buch, das ich in jungen Jahren entwendet habe, heißt Der Mann der Sherlock Holmes war. Verfasst hat es Robert A. Stemmle, ein mäßig bekannter Drehbuchautor, Regisseur und Produzent.

Der besagte Roman gehört sicher nicht zur großen Literatur, für einen zwölf- oder vierzehnjährigen Jungen war er aber ungemein spannend.

In dem Buch geht es um die beiden wenig erfolgreichen Detektive Morris Flynn und Mackie McPherson, die mit ihrer Aufmachung: karierter Mantel, Deerstalker-Hut, Shag-Pfeife und Geigenkasten den Anschein erwecken, sie seien die berühmten Detektive Sherlock Holmes und Dr. Watson.

Den Menschen in dem Roman – der Roman spielt im Jahre 1910 – sind diese beiden Kriminalisten natürlich bekannt; niemand weiß jedoch, dass Holmes und Watson lediglich zwei von dem englischen Schriftsteller Sir Arthur Conan Doyle geschaffene Kunstfiguren sind.

Deshalb werden Flynn und McPherson, die in Brüssel zur Zeit der Weltausstellung mit dem Zug ankommen, von der örtlichen Polizei auch mit der Lösung eines komplizierten Kriminalfalles beauftragt, eben weil man die beiden für Holmes und Watson hält.

Diesen spannenden Kriminalroman hatte mein Großvater – zusammen mit anderen Büchern – aus der Gemeindebücherei ausgeliehen. Es wird so um das Jahr 1965 gewesen sein.

Meine Großeltern und meine Eltern wohnten zusammen in einem Haus. Ich war dadurch sehr häufig in der Wohnung meiner Großeltern. Dort sah ich den besagten Roman zum ersten Male, blätterte ein wenig darin herum und – las mich fest.

Die Geschichte war so spannend erzählt, dass ich das Buch nicht weglegen konnte. Ich nahm es also mit nach oben in unsere Wohnung und las es an einem jener für Jugendliche oft so langweiligen Regennachmittage durch. Danach stand für mich fest, dass ich dieses faszinierende Buch nicht mehr zurückgeben würde.

Um sofort für klare Verhältnisse zu sorgen, nahm ich eine Rasierklinge und entfernte das Etikett der Gemeindebücherei. Mit einem scharfen Radiergummi gelang es mir, auch den auf der Innenseite des Einbandes befindlichen Büchereistempel leidlich zu entfernen. Jetzt gehörte das Buch mir.

Die eigentliche Schwierigkeit kam aber erst noch auf mich zu, als mein Großvater wenige Wochen später die entliehenen Bücher wieder zurückgeben wollte. Er fand alle, bis auf eines. Der Roman Der Mann, der Sherlock Holmes war, blieb verschwunden.

Es dauerte nicht lange, bis mein Großvater auch mich fragte, ob ich das besagte Buch gesehen habe. Ich verneinte kaltblütig.

Glücklicherweise entwickelte mein Großvater nicht die kriminalistischen Fähigkeiten eines Sherlock Holmes, sonst hätte er leicht die Wahrheit herausfinden können, denn ich war kein abgebrühter Lügner.

Er gab sich mit meiner Auskunft zufrieden. Ob er Verdacht geschöpft hat, weiß ich nicht. Wir haben nie mehr über das fehlende Buch gesprochen. Vermutlich wird mein Großvater der Gemeindebücherei das Buch ersetzt haben. Demzufolge war es auch »nur« ein Diebstahl innerhalb der eigenen Familie. Ein Schaden nach außen hin ist aller Wahrscheinlichkeit nach nicht eingetreten.

Ich habe den Roman jahrzehntelang aufbewahrt, über mehrere Umzüge hinweg, er blieb mir immer lieb. Und in Abständen habe ich das Buch wieder mal gelesen, ganz oder in Teilen.

Der Mann, der Sherlock Holmes war ist das einzige Buch geblieben, das unrechtmäßig in meine Hände gelangte. Buchhändler und Bibliothekare müssen also nicht panisch reagieren, wenn ich ihre Räume betrete.

Als ich in diesen Tagen, viele Jahre nach dem Tod meines Großvaters, das Buch suchte, um es der Bücherei offiziell zurückzugeben und damit meine Schuld zu tilgen, da musste ich feststellen, dass das Buch nicht mehr an seinem Platze stand.

Sollte vielleicht einer meiner beiden Söhne … ? Ich würde mich freuen!!

Christine Zeides

Großstadtgarten am Morgen

Die Nacht hat
Tau aus Neonlicht
auf den Straßen verteilt
In den verwelkten Vororten
und den Spielwiesen
Dort
wo sich riesenwüchsige Häuserwipfel lichten
wo ein werbendes Schmetterlingsbanner
flattert und flirrt
Über allem
bedrohliches Summen
sich windende Raupen
und zwischen Ihnen
gleiten motorisierte Glühwürmchen
unruhig in den Tag
Im Rinnstein-Bach
schwimmt der Geruch des Gestern
An seinen Ufern
wachsen die Scherbenblumen
aus Glashalmen gemalt
Eine steife Libelle am Horizont
setzt zur Landung an
taucht ein
in das große Krabbeln
hier im Großstadtgarten
Und überall Ameisen

Ralf Burnicki

Ströme nach Downtown

Vielleicht ist es der Raum zwischen Ja und Nein, in dem sich die Geräusche versammeln, als träten sie zu einer Abstimmung zusammen, auch die von den Straßen umgerührten Stimmen, die sich rasch in einen Strom verwandeln. Die Fenster lassen vieles offen, bleiben zurückhaltend gegenüber auftrumpfenden Sichtweisen, doch später werden die Bewegungen schneller, dann feuert ein Mittag die Imbissbuden & Marktplätze an, nun wird es warm. Hinter Kaufhäusern verglüht der Schwarm, lassen sich Raucher nieder, drücken ihre Glut aus.

Ist die Menschheit ein Schwarm, was sind dann Worte, was sind dann Hoffnungen? »Kleine Fische«, sagst du, »Kleinlaute im großen Klangkörper, der die Menschheit ist«, als gäbe es kein geschichtliches Gefälle von Tönen. Doch hör mal hin: Kaum werfen Neonröhren ihr gezinktes Licht in den Tag, fallen andere Worte. Einweisungen, Ausweisungen, dann herrscht ein rauerer Ton. Also: Was ist der Mensch? Gesellschaft, Gruppierung, seine Schwärmereien und Wiederholungen. Was ist der Mensch: WIR oder WER? Ja, lass es rauschen, knacken, reißen, lass es knirschen im Pulk. Lass es knarren, bis sich Bewegungen nicht mehr gleichen.

Ist der Mensch ein Strom nachwachsenden Gehorsams? Allenthalben wachsen Antworten heran, indem sie andere nachahmen. Ist das Komfort oder Nötigung? Ist der Mensch mehr als die Atmung hinter den Antworten? Immerhin: Manche Fragen bleiben, sind nicht auf Durchreise, einige Begegnungen durchbrechen den Kreis und geben nicht nach. Dafür möchte ich danken. Ich danke den Begegnungen für die hingewürfelten Verschiedenheiten und jedem Satz, der zwischen ihnen einen Becher Licht ausgeschüttet hat. Darauf will ich anstoßen mit einer Atempause, ja komm her, die Erinnerungen gehen aufs Haus.

Nicolas Bröggelwirth

Orangensaft

Leise schlich sich Meike in die Küche. Sie wollte ihren Freund nicht aufwecken, der in dieser Woche Spätschicht hatte. Zum Frühstück brauchte sie nur drei Dinge: einen Kaffee, eine Zigarette und ein Glas voll kalten Orangensaftes. Zu ihrem Bedauern verriet ihr ein Blick in den Kühlschrank, dass kein Orangensaft mehr da war, obwohl sie Dirk gestern ausdrücklich gebeten hatte, ihr welchen mitzubringen.

Zwei Jahre waren sie nun schon zusammen und vor vier Monaten in eine gemeinsame Wohnung gezogen. Doch auch schon vor dem Umzug hatte Meike bemerkt, dass seine Aufmerksamkeit ihr gegenüber nicht mehr so groß war wie am Anfang ihrer Beziehung, seine sehr liebevolle, rücksichtsvolle Art, an die sie sich so sehr gewöhnt hatte. Auch dass sie morgens die Kaffeemaschine nur noch einzuschalten und nicht mehr zu befüllen brauchte, vermisste sie in diesem Moment. Auf dem Küchentisch fand sie eine Schachtel, in der nur noch drei Zigaretten waren. Vor der Arbeit würde sie einen kleinen Umweg zur Tankstelle nehmen müssen, um sich neue zu kaufen. Während die Kaffeemaschine noch vor sich hingluckste, zündete sie sich eine Zigarette an und schaltete das kleine Radio mit dem schlechten Empfang ein, das auf dem Kühlschrank stand.

Sie hasste die Fröhlichkeit der immer gut gelaunten Moderatoren, die um kurz vor fünf Uhr immer nur im

Doppelpack auftraten. Aber eben jener Hass half ihr auch beim Wachwerden, eine Disziplin, in der sie keine Meisterin war. Sie regte sich darüber auf, dass einer der Deppen immer noch spaßiger sein wollte als der andere. Nachrichten gab es um fünf Uhr. Es gab sicherlich nichts zum Aufregen. Meike ging ins Badezimmer. Auch dort konnte sie das Radio noch berichten hören.

Im Jemen ist ein Reisebus im Wüstensand steckengeblieben. Da der Fahrer kein Mobil-Telefon besaß, um Hilfe zu holen, sind vierunddreißig Kinder verdurstet. Die Tragödie wurde bemerkt, als eine Woche später ein weiterer Reisebus dieselbe Strecke befuhr.

Als der Sprecher vom Wetter von acht Grad und Dauerregen sprach, bekam sie schlechte Laune. Es folgte der erste Hit dieses hässlichen Mädchens aus einer der letzten Casting-Shows, deren Sender sie nicht mehr auseinander halten konnte. Wenn sie noch zur Tankstelle wegen der Zigaretten wollte, musste sie sich jetzt anziehen. Natürlich regnete es.

Um Viertel nach neun Uhr war Frühstückspause. Meike stellte fest, dass sie ihre letzten Münzen an der Tankstelle ausgegeben hatte und nun kein Kleingeld mehr für den Kaffeeautomaten besaß, der im Aufenthaltsraum der Firma stand. Sie ging auf die Betriebstoilette und trank zwei Hände voll Wasser aus dem Hahn, bevor sie in den Raum für Raucher zurückschlurfte. Dass hier fast sonst nur geraucht und kaum gegessen wurde, mochte sie, ohne es zu wissen. Meist wurde auch nicht viel gesprochen. Eben das gefiel ihr eigentlich.

An diesem Tag jedoch war es anders. Gudrun hatte sich krank gemeldet. Angeblich hätte sie einen schnell wachsenden Tumor im Unterleib. Aus diesem Grund musste Meike heute von zwei Maschinen mehr abpacken. Das könnte auch länger so bleiben. Für Inge war damals auch kein Ersatz gekommen. Sie wurde entlassen, weil sie länger mit einem Fersensporn zu kämpfen hatte. Auf dem Papier hieß das »betriebsbedingte Kündigung«. Als es jetzt um Gudrun ging, war eine gewisse Nervosität im Raum spürbar. Man durfte eben nicht krank werden. Heidi erzählte von ihrem Sohn. Er hatte vor zwei Jahren seine Ausbildung zum Landschaftsgärtner wegen Depressionen abgebrochen. Seitdem suchte er verzweifelt nach einem anderen Job. Nun hatte er endlich einen gefunden. Er beaufsichtigt eine Automaten-Spielothek.

Meike hätte auch gerne ein Kind gehabt. Dirk dagegen nicht. Seit einiger Zeit stritten sie sich immer häufiger deswegen. Sie spricht das Thema deswegen kaum noch an. Es gewinnt so oder so derjenige, der dagegen ist.

Als Meike aus dem Werk kam, war sie erschöpft und seufzte in den Dauerregen hinein. Das Wetter schlug ihr auf's Gemüt. An der Bushaltestelle versuchte eine ältere Frau, ein kleines Kind in den Bus zu kriegen. Es saß im Rollstuhl und sah nicht besonders clever aus, wie Meike fand. Dirk hatte bestimmt keinen Orangensaft gekauft. Also müsste sie auch noch einkaufen gehen. Vermutlich müsste sie auch noch abspülen, Wäsche machen, putzen und staubsaugen. Auf all das hatte sie keine Lust. Erst einmal wollte sie nach Hause, sich duschen und umziehen, dann einkaufen und dann mal sehen, wofür sie sich selbst noch motivieren könnte. Auf der anderen Straßenseite konnte sie beobachten, wie ein Mann einer Frau eine heftige Ohrfeige verpasste. Er hatte hässliche Schuhe an. Vor der Kirche saß ein Obdachloser und bat sie um etwas Kleingeld. Aber sie hatte ja selbst keines mehr.

Auf der Treppe zu ihrer Wohnung wäre sie fast gestolpert. Zu ihrer Überraschung stellte Meike fest, dass die Küche aufgeräumt war. Jemand hatte auch staubgesaugt. Die Wäsche lag zwar im Korb, aber war natürlich nicht gewaschen worden. Dirk hatte bereits eingekauft. Der Kühlschrank war recht voll, und auf dem Tisch lagen zwei Schachteln Zigaretten ihrer Marke. Der Orangensaft enthielt Fruchtstückchen. Das mochte Meike nicht. Nein, mit so einem sollte man eigentlich keine Kinder haben.

Ein Brief, auf dem vorne groß »Sie haben gewonnen« stand, wanderte direkt in den Mülleimer. Meike duschte und zog sich um. Bevor sie sich vor ein belangloses Nachmittags-Fernsehprogramm fallen ließ, musterte sie sich kritisch im Schlafzimmer-Spiegel. Hatte sie etwas zugenommen? Auf dem Couch-Tisch lag ein Buch von Nietzsche. Dirk las immer so einen Quatsch. Meike dachte, er würde sich wohl etwas auf sein abgebrochenes Studium einbilden. Doch sie wollte sich jetzt nicht weiter darüber aufregen.

Sie machte ihr Notebook an. Auf ihm befanden sich neben viel Werbe- auch drei wirkliche E-Mails. Ihre Eltern luden sie am Sonntag mit Dirk zum Kaffee-Trinken ein. Das würde vierzig Minuten mit dem Zug bedeuten. Silke hatte Streit mit René gehabt und schrieb nun auf mehreren Seiten, wie blöd er wäre und am Ende, wie sehr sie ihn doch lieben würde. Nicole hat im Internet einen echt süßen Mann kennen gelernt, möchte ihn bald treffen und schlug vor, am Samstagnachmittag zwecks neuer Bluse shoppen zu gehen. Da das Einkaufen mit Nicole immer ein wenig anstrengend war, konnte Meike froh sein, mit ihrer Wochenend-Schicht eine echte Ausrede zu haben. Sie klappte das Notebook jedoch zu, ohne eine einzige Antwort zu schreiben.

Was für ein blöder Tag! Ihre Füße taten weh. Ihr Kopf auch. Im Fernsehen liefen Nachrichten und berichteten über einen verunglückten Reisebus im Jemen. Sie schaltete um und sah fremden Leuten beim Kochen zu.

Petra Czernitzki

Fake News

Der gefürchtete Hacker und Schrecken aller Chatrooms, bekannt unter dem Nickname Fürst der Finsternis alias Dark Vati, hat gestern zwischen Mitternacht und Morgengrauen in einer Nacht- und Nebelaktion vielen Sendern die Farbe entzogen und eine der schwärzesten Nächte der Fernsehgeschichte verursacht. Das Fernsehvolk ist zum größten Teil entsetzt und erschüttert, aber vereinzelt ist auch Zustimmung zu finden. Fans von Eduard Schnitzler, die seit Jahren die Wiedereinführung des Schwarzen Kanals fordern, erklärten sich mit der Aktion von Dark Vati solidarisch. Laut skandierend »Der Sozialismus lebt, wir sind die Bananen« zogen fünf Demonstranten mit Lichtschwertern durch den Schwarzwald. Auch einige Anhängerinnen der Bürgerinneninitiative »Meine Fernbedienung gehört mir« nahmen die nächtlichen Geschehnisse zum Anlass einer Demonstration, um auf Schwarzweißseherei im Geschlechterkrampf aufmerksam zu machen. Fake News war wie immer live vor allen Orten und dokumentiert schwarz auf weiß, was gestern nach Mitternacht auf deutschen Bildschirmen zu sehen war, als Millionen Zuschauer zu Schwarzsehern wurden:

Kurz nach Mitternacht wird es zuerst auf PRAY-TV zappenduster, als im Halbdunkel eine Gruppe Schwarzfüße in Trauerkleidung eine schwarze Messe zelebrieren wollen.

Einen Zapp weiter fallen niedliche Schwarzdrosseln, Schwarzkehlchen und Schwarzspechte reihenweise dem Biss der schwarzen Mamba zum Opfer und sterben qualvoll, bevor der Bildschirm bei NATURPUR schwarz wird.

Nur noch schwarzer Humor und dreckiges Lachen auf HEAVENSEVEN, Schwarzlichttheater mit schwarzen Schafen bei TEECHEN5.

Darkwing Duck, der Schatten, der die Nacht und den DISHARMONY-CHANNEL durchflattert, verliert seinen Umhang und stirbt den Schwarzen Tod.

Schwarzwaldmädel mit schwarzen Balken über den Brüsten und im Schritt jodeln lustlos »Schwarzbraun ist die Eichel« im Pornostadl auf BETTY-BUSEN-TV.

Schwarze Katzen überqueren auf allen Programmen immer wieder von links nach rechts den Bildschirm, und der Börsenticker verkündet ununterbrochen den Schwarzen Freitag für den nächsten Mittwoch.

Auch ORAKEL-TV deutet die Zukunft in den schwärzesten Farben, der Astrologe und Star-Wahrsager Krassputin kann nur noch durch eine rosarote Brille schwarzsehen, bevor er live erblindet.

Im Late-Night-Talk des BONZEN-TV fachsimpeln weiße Westen über Schwarzgeldwäsche und schwarze Zahlen.

CONTRA8 sendet einen pechschwarzen Märchenfilm, in dem Goldmarie und Pechmarie geteert und gefedert werden, weil Frau Holle ihnen das Schwarze unterm Nagel nicht gönnt.

DISFUCKERY-CHANNEL deprimiert mit der Enthüllung der Fakten darüber, wie dunkle Machenschaften die Regenwälder vom Schwarzen Kontinent radieren.

In den Werbepausen werden auf allen Kanälen nur Schwarzbrot, schwarzer Tee, Schwarzwurzeln und Schwarze Johannisbeeren zu Schwarzmarktpreisen angepriesen.

Einer schwarzhaarigen STATT1-Ansagerin im schwarzen Kleid wird schwarz vor Augen. Sie kann gerade noch einen Film Noir ankündigen, bevor sie aus dem Bild kippt.

Die Konzertübertragung mit Black Sabbath auf EMPTY WII konkurriert mit der Reportage über die Black Eyed Peas auf WIWA-WIESO, auf allen anderen Musikkanälen läuft das Video Back To Black in einer Endlosschleife.

Bei KUH-PFAU-ZEH brechen die Telefonleitungen zusammen, nachdem der Top-Flop-Verkäufer verspricht, das Tagesangebot »Babypuppe im Schlafsack« morgen Nacht von Schwarzstörchen ausliefern zu lassen.

Wer immer wieder bei NEIN-O-NEIN anruft, ohne sich schwarz zu ärgern und glaubhaft versichern kann, dass er keine grauen Zellen hat, gewinnt eine Reise als Schwarzfahrer ans Schwarze Meer. Ein Anrufer nach dem anderen trifft ins Schwarze, was für eine Pechsträhne!

Die SOS-Talkshow mit dem Thema »Schwarzkunst ist keine Zauberei« muss abgebrochen werden, weil einer der diskutierenden Schwarzmagier sämtliche Kontrahenten in schwarzes Gold verwandelt und der Ölteppich das Studio überflutet.

Nach Stunden der Schwarzmalerei auf allen Kanälen ertönt eine Stimme aus dem OFF: »Für die Abschaffung von GEZ, GZSZ und DSDS sehe ich schwarz, ihr habt den schwarzen Peter und ich gebe zurück ins Sendehaus zur Buntwäsche.«

Wie der Programmdirektor der hoffentlich-rechtlichen Sendeanstalten heute verlautbaren ließ, waren es die Mainzelhäckerchen, die in einer konzertierten Aktion mit Leo Knirsch die geschwärzten Pixel wieder kolorieren konnten.

Fake News liegt das Bekennerschreiben von Dark Vati vor, in dem er die Verantwortung für diese schwärzeste Nacht der Fernsehgeschichte übernimmt. »Ich wars, ich hasse die GEZ genauso wie Werbung und bin außerdem ein Lichtschwert-Lyriker, der vor den unendlichen Weiten und Untiefen der Schwarz-weißseherei warnen will. Ich bin für mehr Farbe im Leben, das ist alles. Und jetzt noch ein Lichtschwert-Gedicht:

Das Licht geht dunkel aus, ergreife die Gelegenheit.
Du hast nur eine Chance, und äußerst wenig Zeit.
Das Licht geht an, vorbei der helle Augenblick,
du bist um Haaresbreite vorbeigeschrammt am Glück.«

Das wars für heute von Fake News. Wie immer freuen wir uns auf Ihre Kommentare.

Artur Rosenstern

grenzen leben – vielfaltlos?

frei wie ein vogel fliegen - wohin?
zäune niederreißen und träume seiner
kindheit ausleben – grenzenlos?

auf die anderen spucken türen ohne
vorwarnung aufreißen auf gesetze pfeifen
fliehen ohne sich umzudrehen zurück zu
seinen wurzeln vergeblich den schatten
seiner selbst dort suchen

auf dem wasser gehen berge dank des glaubens
versetzen dem erhobenen schwert mit liebe
begegnen steinerne mauern durchdringen sich selbst
zum übermenschen erhebend den erdball anhalten
ihn zur umkehr zwingen und die zeit beherrschen

liebe machen alterslos auto fahren limitlos
gesetze der logik und der schwerkraft ausheben
notorisch statt rot grün sehen seine eigenen
grenzen negieren die ratio zum teufel
jagen ins metaphysische vordringen chaos zur
normalität erklären feuer mit benzin löschen den
reim und das versmaß aufgeben rückwärts sprechen
von rechts nach links schreiben (in europa!)
V I E L F A L T

In
jEglicher
Lebenslage
Favorisieren
Alternativlos danach
Lechzen bis zum (Frei-)
Tod

Oder Grenzen leben lassen?

Ralf Burnicki

1968

»Ein Ereignis lässt etwas statt-finden,
was im vorherigen Zustand ganz fehlte.«
(Byung-Chul Han)

Ja, spul die Worte noch mal zurück dorthin,
  wo das Licht in dünnen Fäden
  auf die Straßen fiel, der Abend sich
die Arbeitswoche auszog und nackt baden ging
in der Innenstadt, wo der Sommer seit Tagen
über die Ufer getreten war
und die Freiheitspegel ansteigen ließ.
Bis in die Seitenarme der Vorstädte
war der Freiheitsdrang angeschwollen.
Und als er mit einem Zungenschlag einbrach
in die Regierungsviertel der Gewohnheiten,
die Hemmschwellen durchschlug wie Dämme und
die Regeln unterspülte mit hitzigen Debatten,
da schien die Zukunft unbeschreiblich,
und während manches Gewohnheitstier noch
die alten Zeiten zu retten versuchte,
sich an Traditionen festhielt oder Währungskursen,
schwammen dem Alltag die Felle davon,
und die Möglichkeiten zu handeln
überstiegen unsere Erkenntniswege.
Uns saßen Farben auf den Schultern,
und später, als die Redeflüsse abnahmen
ahmten wir das Gelände nach mit
unseren Umarmungen,

zogen vereinzelte Hoffnungen an Land
und ließen noch einmal Geräusche
in der Dunkelheit sprudeln, bis wir
auf jene Stelle trafen, wo unsere Ausflüchte saßen,
unsere Unterwürfigkeiten und Erinnerungen,
die uns zurückriefen. Ab dann
half nichts mehr gegen geregelte
Verhältnisse, in denen das Wasser
von Lehrwerken und Institutionen geklärt
aus dem Hahn kommt
und den Tatendurst löscht,
damit der Abend pünktlich schlafen geht.

Christine Zeides

Zapfenstreich

Höher als jedes Gebäude
menschlicher Baukunst
steht die Sonne
gönnerhaft und mächtig
über uns

sie zieht
eingeengt von Häuserzeilen
gen Boden hinab
wirft einen Blick in ihren Abendspiegel,
die Glasfassaden einer Shopping Mall
und gähnt den Himmel rot

Die Dämmerung bringt
Unruhe und Angst
vor dem nahenden
Nichtsehenkönnen
Mit Surren neigt sich die Stadt
zum Zapfenstreich
wenn die Sonne
den Irrlichtern der Großstadt
ihr Reich überlässt
für die Nacht
in der wir Menschen verlernten zu schlafen
weil es nimmer dunkel wird
um uns

Mit weiten Pupillen
wenden wir uns den Lichtern zu
wie Nachtschmetterlinge
Wir ziehen unsere langen Schatten
hinter uns her wie ein Leichentuch
und wir wollen sie abschütteln
weil die Schatten uns fremd sind
Jene Zerrbilder
in den Farben der LEDs
die unsere Pfade beleuchten

Wir sind wie Verfolgte
Es sind die künstlichen Sterne
die uns locken
mit dem Versprechen eines ewigen Tages

Und die Sonne
sandte den Mond
dass er ihr berichten soll
von unserer Sehnsucht nach ihr
wenn sie uns abends
 uns selbst überlässt

Und der Mond verblasst
aus Traurigkeit

Norbert Sahrhage

Träume?

Er trottete mit seinen Brüdern und seinem Vater die unbefestigte Straße hinunter. Vor und hinter ihnen gingen andere Männer und halbwüchsige Jungen aus dem Dorf. Ihre Bewacher hielten Maschinenpistolen in den Händen, die sie von Zeit zu Zeit drohend auf die Männer und die Jungen richteten. Die Soldaten schienen in guter Stimmung zu sein. Sie machten Bemerkungen, die die Jungen nicht verstehen konnten, und lachten dann. Einige hatten Zigaretten lässig in ihren Mundwinkeln hängen und die Militärmützen nach hinten geschoben.

Er verstand nicht, was da vor sich ging. Vor weniger als zwei Stunden waren die Soldaten in ihr Dorf gekommen, hatten willkürlich einige Leute erschossen und die übrigen Männer und die älteren Jungen auf dem kleinen Dorfplatz zusammengetrieben. Dann hatten sie losmarschieren müssen.

Die Märzsonne stand im Zenit und besaß bereits einige Kraft. Keine Wolke war zu sehen. Lediglich die Düsen zweier Flugzeuge ritzten weiße Linien in den hellblauen Himmel.

Ziel des Marsches schien das Wäldchen unten am Fluss zu sein, der um diese Jahreszeit wenig Wasser führte. Als sich die ersten Bäume nur noch ein paar Meter vor ihnen befanden, waren aus dem Nachbardorf, das etwa zwei Kilometer entfernt auf der anderen Seite des Flusses lag, plötzlich Schüsse zu hören.

31

Einer der Soldaten, ein junger, groß gewachsener Mann, der neben ihnen die Straße hinuntermarschierte, wies in die Richtung, aus der Schüsse zu hören waren. Er lachte und richtete dabei die Waffe auf den Vater. Der rechte Daumen des Soldaten machte eine Halbkreisbewegung unterhalb des eigenen Kinns von links nach rechts.

Der Junge sah, dass sein Vater erschrak, und plötzlich spürte er, dass auch seine eigene Angst wuchs. Wenn da drüben geschossen wurde, konnte das nur bedeuten, dass Menschen starben. Mussten auch er, seine Brüder und sein Vater gleich sterben? Als er zu seinem Vater hinüberblickte, sah er, dass ihm Tränen die bärtigen Wangen hinunterliefen. Sein Vater schien jetzt die Ausweglosigkeit ihrer Situation begriffen zu haben.

Auch seine eigenen Augen füllten sich mit Tränen. Er sah das vor ihm liegende Wäldchen wie durch einen Schleier. Dann waren auch seine Wangen nass. Er weinte hemmungslos. Furcht, Wut und die Gewissheit, bald tot zu sein, vermischten sich bei ihm zu einem Gefühl unendlicher Traurigkeit.

Plötzlich war da ein leises Summen, das er nicht zu identifizieren vermochte. Das Summen wurde lauter. Er versuchte, das Weinen zu unterdrücken und wischte mit der Hand über seine Augen. Der Wecker summte jetzt deutlich, sein Kopf wurde langsam klar. Nun merkte er, dass das Kissen, auf dem sein Kopf lag, feucht war, feucht von seinen Tränen, die er im Traum vergossen hatte.

Ein Traum? Ein Albtraum? Erinnerung? Ja, die Vergangenheit hatte ihn wieder einmal eingeholt.

***

Er lief, besser: Er wollte laufen, doch seine Füße bewegten sich nur langsam, wie in Zeitlupe. Er kam kaum vorwärts. Und da waren die Soldaten, die ihn verfolgten. Sie näherten sich ihm immer mehr. Er hörte ihre Schritte und traute sich nicht, nach hinten zu schauen. Wo waren sein Vater und seine Brüder? Er hatte sie aus den Augen verloren. Die Schritte der Soldaten wurden lauter. Gleich mussten sie ihn erreicht haben. Weshalb schossen sie nicht?

Plötzlich sah er einen seiner Brüder. Er lehnte an dem Brückenpfeiler, seine Hände vor die blutige Brust gepresst. Er stöhnte. Es war ein qualvolles, schreckliches Stöhnen, das ihm Angst machte und zugleich Schuldgefühle in ihm auslöste. Sein Bruder blickte ihn mit starren, unnatürlich großen Augen an. Das Blut rann ihm durch die gespreizten Finger und tropfte auf den felsigen Untergrund. Er bemerkte, dass sein Bruder in einer riesigen Blutlache stand, die immer größer wurde.

Bevor das Blut auch seine Füße erreichte, war der erste Soldat da. Er spürte den fremden Arm auf seiner Schulter und wurde herumgerissen. Eine Stimme drang an sein Ohr. Der Klang kam ihm vertraut vor, doch er verstand die Worte nicht.

Dann erkannte er seine Frau, die neben ihm am Bett stand, an seiner Schulter rüttelte und ihn besorgt anblickte. Immer der gleiche Traum, er wurde die Erinnerung nicht los ...

***

Er hatte Angst, schreckliche Angst, die sehr rasch das anfängliche Glücksgefühl über die erfolgreiche Flucht verdrängt hatte. Er kauerte im hintersten Winkel des

Hohlraumes am Brückenpfeiler und wagte sich nicht zu rühren. Es kam ihm so vor, als bewegten sich die Seiten der kleinen Höhle auf ihn zu, so als wollten sie ihn zerquetschen. Er schloss die Augen und verbarg sein Gesicht in den Händen.

Nach einer endlos langen Zeit und völliger Stille hörte er draußen Kommandos. Er kroch etwas näher an die Öffnung des Hohlraumes heran. Er sah, dass die Männer und Jugendlichen aus seinem Dorf am Ufer des Flusses standen, nur einige Schritte vom Brückenpfeiler entfernt. Er konnte einzelne Personen erkennen, es waren seine Spielkameraden und deren Väter. Die Soldaten hielten sie in Schach. Plötzlich begannen die Soldaten zu schießen. Blut spritzte, die Getroffenen schrien, einige Männer und Jungen versuchten davonzulaufen. Ein wildes Durcheinander entstand. Weitere Schüsse aus den Maschinenpistolen beendeten das Chaos.

Nach wenigen Augenblicken war alles vorüber. Die männliche Dorfbevölkerung lag auf den Steinen. Wenn hier und da noch jemand zuckte, ging einer der Soldaten hin und beendete das Leben durch einen gezielten Schuss in den Kopf.

Er wollte schreien, laut schreien, bekam aber keinen Ton heraus. Er war paralysiert. Dann bemerkte er, dass sich das Blut der Toten zu einem Rinnsal vereinigt hatte und in die kleine Höhle lief. Zuerst tropfte es nur, dann wurde es immer mehr. Schließlich rauschte es in einem gewaltigen Schwall auf ihn zu. Er drohte in dem Blut zu ertrinken. Er rang nach Luft und schlug wild mit den Armen um sich.

Erst durch den Schrei seiner Frau, die er durch sein wildes Umherschlagen getroffen hatte, wurde er wach.

Wieder einer dieser Träume. Die Erlebnisse ließen ihn nicht los.

(aus: Norbert Sahrhage: Blutiges Zeitspiel, Pendragon Verlag, Bielefeld 2012)

Ralf Burnicki

Heißer Kaffee

Nachdem mehrere Platzregen
den Nachmittag durchstießen
als würde das Wasser
einen Kaffeefilter durchlaufen
verwandelte sich die Metropole
in einen wunderschönen Abend
mit tassenfertiger Dunkelheit
daraus die Gerüche der Imbissbuden
aufstiegen, während der Wind ganz langsam
den Löffel senkte, um der Stadt
frische Luft einzurühren
und als zuletzt noch der Mond auftrat
und eine Schicht Licht
auflegte wie ein Sahnehäubchen
ging ein Lächeln durch die Straßen
und die Erinnerung daran
hielt sich noch lange
im nächtlichen Blickverkehr.

Michael Helm

Die Stimmen der Rua da Prata

Janik hatte nach dem Konzert daheim oft allein an der Elbe im Café unter den Linden gesessen. Er hatte den Gauklern auf der Karl Johans gate zugesehen oder gespannt den Moment herbeigesehnt, da auf der Place Vendôme die Lichter angingen. All diese Konzerttouren: Städte, Menschen, Momente.

Jetzt weht eine Brise vom Tejo herüber und hinterlässt einen salzigen Geschmack auf seiner Zunge. Er meint, das Rauschen des Meeres zu hören, indem er die Praça do Comércio überquert und eintritt durch den mächtigen Arco do Trionfo. Die überfüllte Rua Augusta lässt er links liegen. Wenige Schritte später ist er bemüht, eine verwirrende Partitur zu lesen: metallische Partien quietschender Schienen, abrupt bremsende Triebwagen, der Einsatz einer Ambulanz-Sirene, anfahrende PKW und der disharmonische Chor redender Leute. Vor der offenen Glastür des kleinen Ladens an der Rua da Prata strömt das Stimmen- und Menschengewirr in Richtung Rossio. Der Klang verebbt vernehmbar, als er das schäbige Speiselokal betritt. Er legt sein Instrument vorsichtig auf einen Stuhl. Es wird stiller. Janik setzt sich.

Eine Reihe metallischer Tische, staksende Stühle, sie drücken sich längs an die Wand, rücken ab vom gläsernen Tresen gegenüber. Dahinter steht eine hagere Gestalt, Mitte fünfzig, der Gastwirt, der einige Gläser abtrocknet. Bedächtig haucht er sie an, poliert sie, schnipp mit dem Finger gegen ein Glas – lässt es erklingen, …piano. Dann stellt er es fort ins Regal.

Janik überfliegt die dürftige Karte. Das Tagesangebot ist in Kreide auf eine Tafel gekritzelt, in Portugiesisch. Vorne, am verlängerten Tresen, kauert ein Herr. Er trägt einen Cordhut, blaue Arbeitsklamotten, sitzt ungerührt. Er wirkt fast zu klein für seinen Barhocker. Er brummt portugiesische Sätze vor sich hin. Er schaut auf die Wanduhr, muss wohl gleich wieder fort. Am Tisch neben Janik sitzen zwei Damen. Die eine rührt in einer halbleeren Tasse, ihre Hände sind faltig, die andere mit verblichenen Hut nippt an einem Glas Milch. Sie hat das schon immer genauso getan, denkt Janik, als hätte sie täglich die Milch in der Rua da Prata getrunken, ein günstiges Glas für wenige Escudos. Er kritzelt ein paar Stichworte quer in sein schwarzes Notizbuch. Neben einem großen Getränkekühlautomaten am Ende des Raums hockt eine Alte weit über den Tisch gebeugt und wiegt beständig verneinend den Kopf. Vor ihr eine Tasse mit längst verkrustetem Schmutzrand. Die redet bestimmt nicht, meint Janik. Er fragt sich, ob die Tasse überhaupt zu ihr gehört. Die Dinge, die Leute, sie geben dem Raum einen bestimmten Klang, denkt er; eine Komposition des Alltags. Er notiert es. Es scheint, dass das alles seit Jahren so ist, unverändert.

Der Wirt tritt an seinen Tisch und Janik bestellt. Er versucht, so gut er das kann, zu reden, durchsetzt mit englischen Worten und Gesten.

Uma… Salada russa?

Uma salada russa. Sim, se faz favor. Mais um pouco de…?

Oh…, excuse me!... Je ne comprends pas…

Ah. Sim. Eine bebida? – Eine Kaffee, meine Herr?

Ah, yes, obrigado!, antwortet Janik erleichtert. Das herzliche Nicken des Wirtes versteht er besser. Ruhig breitet der Gastwirt die Papierunterlage vor Janik aus, legt das Besteck an die Seite, bringt Pfeffer, Salz, Essig und Öl. Er lächelt und zieht sich langsam zurück. Musik versteht man auch ohne die Noten, denkt Janik, und die portugiesischen Stimmen haben diese behutsame Melodie. Er betrachtet den Raum und die Menschen und entfernt vernimmt er die hintergründigen Stimmen der Straße.

Olá! – Boa tarde…! Plötzliche, rasch folgende Worte. Eine Frau tritt ein. Blicke und Gesten. Gesten und Blicke, die wohl irgendetwas bedeuten sollen. Viel zu schnell. Sie eilt durch den Gang, blickt zur Theke, blickt zur Reihe der Tische, zur Wand, taxiert kurz den Wirt, die Stühle, das Essen. Eine kleine, schmale Person, denkt Janik, vielleicht etwas zu schlank. Auffallend sind nicht ihre Worte, denn die sind ihm fremd, nicht ihre Gesten, denn die sind zu flüchtig. Er fragt sich, was es dann ist und es kommt ihm ein seltsamer Einfall. Der Raum umgibt sie nicht, denkt er. Aber warum…? Sie senkt ihren Blick und dreht ihren Kopf hinüber zur Thekenauslage, schaut rechts, schaut links, sofort wieder rechts, immerfort: Süßwaren, Backwaren, gefüllte Blätterteigtaschen, Dosen, Flaschen, vorbereitete Speisen in kleinen Schalen. Sie registriert das alles mit schnellen Kopfbewegungen. Immer wieder zuckt ihre Hand, schiebt sie nervös die Haare nach vorn ins Gesicht – straßenköterbraun mit hellblonden Strähnen – sie sind nicht lang genug, um die schorfigen Stellen auf der Stirn und ihrer Wange zu verbergen. Janik bemerkt die verletzte, die unverheilte Haut. Man soll ihr nicht ins Gesicht sehen, denkt er. Die suchenden Augen. Ihre Blicke sind flüchtig; nichts können sie festhalten. Alles liegt ihnen fern.

Der kleine Mann mit dem Cordhut starrt auf die Uhr. Unbewegt. Kurz vor halb Eins.

Ihre Worte und Gesten sollen scheinbar bedeuten, was die Frau möchte, was sie bestellt und noch einmal korrigiert, sie schwirren im Raum, gehetzt, als drängten sie wieder hinaus, um dort im Lärmen der Straße unterzutauchen. Kaum dass sie ausgesprochen hat, eilt sie nach vorne zum Tisch in der Ecke. Ganz nahe der Tür. Sie rückt an den Stühlen, Metall kratzt über den Boden, alles zu eng, verhakt sich, sie zerrt einen Stuhl vor den Tisch, sodass sie hinausblicken kann, den Laden im Rücken, die Straße vor Augen.

Der Raum will sich nicht um sie schließen, denkt Janik erneut und dieser Gedanke verfestigt sich. Die braunbeigefarbene Jacke, die sie trägt, hat hinten längs einen Riss. Er sieht das Futter hervorquellen, besonders, da sie ständig versucht, die Jacke hauteng um sich zu schließen, als wäre es kalt. Hotpants, Laufmaschen, die darunter hervortreten und bis zu den steilen Absätzen hinunterziehen. Janik wird peinlich bewusst, dass er sie anstarrt.

Er hört deutlich die Stimmen der Straße. Der Herr mit dem Cordhut starrt auf die Uhr, unablässig, als müsse er gehen, aber er geht nicht. Auf dem Laden lastet ein Schweigen. Und die verknöcherte Alte neben dem großen Kühlautomaten, sie schüttelt beständig den Kopf.

Allein der Gastwirt geht auf die junge Frau zu und legt vorsichtig die Papierunterlage auf ihren Platz. Sie nickt kurz. Säuberlich faltet er die Serviette, legt Messer und Gabel darauf und richtet noch einmal das Messer. Obrigada, flüstert sie heiser. Er lächelt, verbeugt sich und zieht sich dann langsam zurück. Sie wirkt etwas ruhiger.

Janik hört das Rauschen, die Stimmen, die an ihr vorbeiziehen zum Rossio. Er würde sie gerne verstehen. Das alles ist unmerklich mehr als alltäglich, denkt Janik, weshalb es den Leuten nicht auffällt. Und der Raum bleibt ihr verschlossen. Er grübelt. Er isst den Salat, den man ihm bringt. Betäubend das permanente Brummen des Kühlaggregats. Doch das Scheppern der Mikrowellentür rüttelt ihn auf.

Der Gastwirt bringt einen Teller mit Pizza und ein Glas Cola. Die junge Frau in der Ecke, nahe der Straße, sagt schnell ein paar Sätze, der Wirt nickt. Sie trinkt ein paar Schluck, dreht und wendet den Teller, zerschneidet den Teig, trinkt, schaut sich gehetzt mehrfach um. Zieht die Jacke zurecht. Starrt auf den Tisch. Ganz unbeholfen sucht Janik die Blicke des Wirtes. Der putzt bereits seine Gläser. Es ist paradox, denkt Janik, das Klingen des Glases, die junge Frau, das Schweigen der Gäste. Meine eigenen Worte kämen mir jetzt fremd vor, denkt er, ganz gleich in welcher Sprache.

In aller Stille vergeht die Zeit zwischen den Leuten. Als die junge Frau in der Ecke nahe der Straße ausgetrunken hat, schiebt sie den Teller fort und legt das Besteck akkurat an die Seite. Sie zögert, steht auf und geht an den Tresen zum Wirt. Sie blicken sich an. Keiner sagt was. Er nimmt nur den Block, addiert ein paar Zahlen, sagt dann einen Preis. Portugiesische Wörter, Sätze, der Wirt, die Frau, beider Blicke, Gedanken, staccato. Ihre Hand wühlt verstört in ihrer Tasche. Der Klang ihrer Stimme: überrascht, erregt, entschuldigend, ein wenig gekünstelt. Als käme abrupt die Erinnerung an etwas das naheliegt, lässt sie ihre Tasche fahren und schlägt sich die Hand an die Stirn: Lamento muito! Der Wirt lächelt unsicher, sieht wie sie plötzlich zur Tür stürzt. Alle starren ihr hinterher. Er ruft ihr noch nach: Perdão! Senhora… Sie rennt schon hinaus. Hilflos verklingen die Worte im Raum. Er zuckt mit den Schultern, lässt seinen Block auf die Ablage fallen. Sie ist längst auf dem Gehsteig verschwunden, verschluckt von den Stimmen der Straße.

Diminuendo.

Janik ist es, als würde sie jeden Moment zurückkommen, als würde sie vornehm lächelnd hereintreten und dankbar das Geld auf den Tresen legen. Er hört auf die Stimmen da draußen, um zu verstehen. Der Arbeiter geht. Die Alte ganz hinten, sie rührt sich auch jetzt nicht. Sie schüttelt verneinend den Kopf. Die Damen trinken Milch und Kaffee.

Janik wartet.

Als er aufsteht, schaut er am Nachbartisch auf eine verlassene Tasse, auf ein Trinkglas mit Milchrand. Metallische, einsame Stühle.

L´addition s´il vous plaît!, sagt Janik zum Wirt und wundert sich, dass ihm jetzt die französischen Worte im Kopf sind. Es ist leider so, dass einem die Begriffe einfallen, die man nicht sucht, überlegt er, und sich einem jene entziehen, die man doch bräuchte. Die Rechnung bitte? Das sind vertraute Worte, denkt er, für jemanden, der sie ohne Sorgen einlösen kann.

Der Wirt stellt das Weinglas zur Seite. Er versteht schon. Er schreibt den Betrag auf den Block unter die unbeglichene Summe und schiebt Janik freundlich den Block zu. Sie sehen sich an. Der Wirt zuckt mit den Schultern. Janik legt ihm das Geld auf die Ablage.

Obrigado, sagt er.

Obrigado, sagt der Mann.

Janik hinterlässt ein sehr großzügiges, ein hilfloses Trinkgeld. Dankend schaut ihm der Wirt hinterher. Er hat wohl verstanden, denkt Janik. Aber vielleicht haben wir auch gar nichts verstanden. Zögerlich betritt er die Straße. Dort lauscht er versunken den vielfachen Stimmen der Rua da Prata.

Artur Rosenstern

die nasse stimme des
vermeintlichen regens

das laute knistern einer fontäne
das kräuseln der strahlen
ein schnappschuss und noch einer
vorm aufgebauschten wasserberg des lebens

rollstuhlkollone trüb gefärbte leblose
blicke mit letztem hoffnungsschimmer darin
ein kind im gehwagen hinterher die hinkende
mutter ihre haut auch trüb wie die augen-
blicke eine fremde wohl aus
dem bombenhagel katapultiert ins
vermeintliche paradies ─ ist sie zum
durchatmen hier zum
luftschnappen …

geräuschlos fließen ihre
schatten auf dem gepflasterten
weg ihrem einzigen treuen
freund … heißt ihr schicksal heimatlos für immer genauso wie
meines?

Christine Zeides

Unscharf

Vielleicht ist Heimat das Bild
aus dem wir geschnitten wurden
entfremdet in eine Großstadt-Collage
in der wir verloren gehen
Vielleicht ist Heimat die Form
die zu uns gehört
Ein Gedanke kurz vorm Träumen,
Der Ort, den wir ohne Kompass finden
und vor dem Schlafen suchen gehen -
das Ziel der Seele in letzten Momenten -
ein Gewebe Erinnerung,
ein Stück Zeit.
Vielleicht ist Heimat jenes Bild
aus dem wir kommen
doch was uns nur
unscharf
vor Augen steht
sodass wir es kaum beschreiben können
wenn uns jemand fragt -

obwohl wir doch immer wissen
wo wir sie
für uns
verborgen haben

Petra Czernitzki

Der zweite Frühling

Zuckerwattesüß,
rosarot und wolkesiebenweiß
klebt die Sehnsucht
wie alter Kaugummi
unter Kneipentresen.
Im Wunschbrunnen der Liebe
liegen lauter alte Hunde begraben
und liegen auf der Lauer.
Hübsch verpackt kommen sie
als geschiedene Versuchungen daher
und laden zum Geschmackstest.
Alt und durchgekaut
lächeln sie an Kneipentresen.
Der zweite Frühling
recycelt den ersten.
Der Spiegel zeigt Zerfall.
Zu jung für diesen Körper
trifft lachfaltengefurchte Seele
alte Säcke und
will junge Ärsche lieben.

Artur Rosenstern

Der alte Mann und die Wellen

Eine Welle nach der anderen begrub mich unter sich. Meine Kräfte schwanden merklich. Ich strampelte um mein Leben, schluckte literweise lauwarmes, stinkiges Wasser. Um mich herum kreischten Kinder, Männer wie Frauen. Ein Mädchen rief nach Hilfe und tauchte gleichfalls nach jedem Wellenschlag unter, schoss hoch und japste nach Luft. Die tosenden Wassermassen prallten gegen die Mauer und spritzten nach allen Seiten weg.

In meinem Leben hatte es letzte Zeit immer wieder Momente gegeben, in denen ich die Einsicht gewann, dass ich älter wurde. Das war einer dieser unpässlichen Momente, die ich verwünschte. Jede Sekunde rechnete ich damit, dass eine der Wellen mich packte und mit voller Wucht gegen die Mauer schleuderte. Ich hatte noch nie derart flehentliche Stoßgebete in Richtung Himmel geschickt: »Lieber, lieber Gott, lass mich bitte noch ein bisschen leben! Bitte, bitte heute noch nicht …«

Ich hatte mir wie immer zu viel vorgenommen, was ich aus kindischem Trotz (oder sollte ich nun treffender aus altersbedingter Sturheit sagen?) nach wie vor nie zugeben würde.

Meine Frau hatte mich mit Nachdruck gewarnt: »Lass das! Das ist nichts für alte Knacker wie dich!« Aber nein, ich wollte ihr beweisen, dass in meinem schlaksigen und zugleich schmächtigen Körper trotz meines ansehnlichen Rentenalters ungeahnte Jugendkräfte schlummerten.

Schuld daran war mein peruanischer Yoga-Lehrer Julio. Er hatte uns seit Jahren Woche für Woche eingehämmert, man wäre nur so alt, wie man sich fühlte. Man sollte sich am besten sein Geburtsjahr aus dem Kopf schlagen, den Ausweis in einem bombensicheren Safe verschließen und niemals in den Spiegel sehen. Diesen weisen Rat hatte ich beherzigt und dankbar über Jahre hin befolgt. Aber nun, mitten in der bedrohlichen Brandung, zweifelte ich zum ersten Mal an Julios Seriosität. Ich rang nach Luft, bekam Unmengen an Wasser in den Hals gespült und strampelte wie nie zuvor. Es war höchste Zeit, etwas zu unternehmen, denn mir war es, als würde ich beim nächsten Wellenschlag endgültig untergehen, und das vermochte ich mir nicht vorzustellen.

So wollte ich nicht enden. So - niemals! Selbst meine Frau würde sich das Lachen nicht verkneifen können, wenn ich hier an dieser bläulich-glitschigen Mauer wie ein dämlicher, verirrter Hecht verreckte.

Ich kratzte meine letzten Kräfte zusammen, atmete tief ein und tauchte unter die nächste Welle. Einen anderen Weg gab es nicht. Ich hatte nicht die klitzekleine Chance, an dieser grölenden, kreischenden Menge unbeschadet vorbei zu schwimmen. Dies wäre mein schneller und sicherer Tod! Deshalb entschied ich mich kurzerhand für einen Tauchgang. Als ich noch zwanzig Jahre weniger auf dem Buckel hatte, hatte ich diese Sportart vorzüglich beherrscht, und nun wunderte es mich nicht, dass ich zügig vorankam, bahnte mir den Weg zwischen all den herumfuchtelnden Beinen hindurch.

Eine halbe Minute später bekam ich Boden unter den Füßen zu spüren und schoss wie ein freudestrotzender Delfin aus dem Wasser empor. Ich rettete mich ins Trockene, brach allerdings sogleich vollkommen entkräftet zusammen. Bäuchlings lag ich nun da und hechelte, schnappte nach Luft wie ein ins Netz gegangener Fisch, der dem Schicksal trotzend einen letzten verzweifelten Sprung ins Ungewisse gewagt hatte und statt im Wasser im Sand gelandet war.

»Alles in Ordnung, Rudi?«, hörte ich die Stimme meiner Frau plötzlich. Sie bückte sich zu mir runter und hielt mir ein Handtuch hin.

Ich winkte arrogant ab und keuchte: »Ja! Lass mich in Ruhe!« - Wer gesteht schon gern Fehler ein?

Glücklich lachende Kinder tobten vorbei, ein korpulenter, pausbackiger Junge sprang über mich drüber, als wäre ich ein verdorrter, am Wegesrand vergessener Baumstamm. Er stolperte und fiel beinahe mit seinem Wohlstandsbauch über mich drüber.

Die Wellen waren indes zum Stillstand gekommen. Die Menschen verließen nach und nach das Wellenbad unserer städtischen Badetherme H2O. Ich richtete meinen Blick durch die Glaskuppel hindurch gen Himmel, sah trotz des Tageslichts deutlich mehrere Sterne mir zuzwinkern und lobte Gott so inbrünstig, wie ich es niemals zuvor getan hatte.

Nicolas Bröggelwirth

Das unbekannte Zimmer

»Herr Heimannsberg, kann ich Ihnen helfen?« Aus seinen Gedanken gerissen betrachtete Frederick den Mann, der in der Tür des leeren Speisesaals stand. »Es ist langsam Zeit, schlafen zu gehen«, sagte Oliver.

Frederick war verwirrt. »Ich kann hier schlafen?«, fragte er unsicher, weil er sich seit dem Morgen bereits an verschiedenen Orten wähnte.

»Natürlich!«, erwiderte der junge und etwas übergewichtige Altenpfleger freundlich, dessen gelbe Arbeitskleidung sich schon lange nicht mehr vollständig reinigen ließ. »Ich bringe sie zu ihrem Zimmer.«

»Meinem Zimmer?«, fragte Frederick ungläubig.

»Ja, Herr Heimannsberg, Sie leben seit einem halben Jahr schon bei uns.« Oliver fasste Fredrick unterm Arm, obwohl dieser keine Hilfe beim Laufen benötigte. Sie gingen gemächlich die hellgrün gestrichenen Flure entlang, an deren Wänden große Fotos mit Blumen in allen möglichen Farben hingen.

Oliver mochte den alten Mann. Ganz im Gegensatz zu manchen anderen Bewohnern des Heimes war »Leutnant Heimannsberg«, wie er genannt wurde, niemals aggressiv oder undankbar. Fast nichts konnte ihn aus der Fassung bringen. Sein oftmals fragender Gesichtsausdruck war hilflos, aber sanft.

»Sooo...«, es war ein Wort, das Oliver gar nicht mehr bemerkte, »Hier wohnen Sie, Herr Heimannsberg.« Behutsam, aber bestimmt, drückte er ihn in ein

Zimmer hinein, welches kaum persönliche Züge aufwies, obwohl sämtliche Bewohner ihre Wohnungen, die fast alle aus 17,68 Quadratmetern plus einer Toilette mit Dusche bestanden, selbst gestalten durften. Außer ein paar unglücklichen Versuchen von Kartoffeldrucken vom »Leutnant« selbst aus der Ergo-Therapie, die ein Zivildienstleistender an der Wand neben dem kleinen Fenster aufgehängt hatte, sah dieser Raum eher aus wie das Einzelzimmer in einem provinziellen Krankenhaus. Oliver tat das etwas Leid. Standen in anderen Zimmern der persönliche Couch-Tisch oder der geliebte Sessel, waren hier nur die schmucklosen Zweckmöbel aus furnierten Spanplatten zu finden, die das Heim normalerweise in die Zimmer der »großen Pflege« stellte. Auf der Kommode stand lediglich das verschmutzte und schlecht gerahmte Foto einer Frau auf einem weiß gestickten Deckchen.

Frederik ließ sich auf das Stahlbett mit den gestärkten weißen Laken setzen und war dankbar zu wissen, wo er gleich schlafen könne. Er lächelte Oliver zu, der ebenfalls mit einem Lächeln langsam von außen die Tür schloss. »Gute Nacht, Herr Leutnant«, sagte er noch.

Fredericks Gedanken waren allerdings noch ganz woanders. Erst jetzt bemerkte er wieder das Buch, was er unter dem Arm, den Oliver nicht umfasst hatte, aus dem Speisesaal mitgenommen hatte.

An diesem Abend, es war nach dem Essen, aber an den genauen Zeitpunkt konnte sich Frederick nicht mehr erinnern, war ein Mann gekommen, um ihn zu besuchen. Er hatte behauptet, sein Enkel zu sein und dieses Buch mitgebracht.

»Es ist eines Deiner Tagebücher, Opa«, hatte er gesagt und eine Seite aufgeschlagen, in die er ein Lesezeichen gesteckt hatte. »Diese Geschichte hast Du immer und immer wieder erzählt.«

Frederick hatte auf die billige Kladde geblickt, in die eine Fotografie geklebt war. Auf dem Bild waren etwa dreißig Männer in Kampfuniformen zu sehen. Die Gesichter waren zu klein, um sie genau zu erkennen. Unter der Aufnahme stand: »An meine Schultüte werde ich mich vermutlich nie wieder erinnern, aber die Menschen meines Zuges werde ich nie vergessen.« Die Schrift war eine ähnliche wie die seine. Darunter war ein Tag aus dem Krieg beschrieben.

Es war der Tag, als der Leutnant, der jene Zeilen geschrieben hat, aus dem Lazarett wieder ins Einsatzgebiet geschickt wurde. Er hatte sich ein paar Tage wegen seiner chronischen Gastritis untersuchen und behandeln lassen. Der Zeitpunkt schien ihm günstig, weil es beim »Brüten«, wie die Männer es kurz nannten, schon längere Zeit sehr ruhig war. Am Verteilerpunkt war er zum Oberst Willenbrock gerufen worden. Er würde versetzt, seinen Zug gäbe es nicht mehr, teilte man ihm mit. Dieser sei vollständig einem Bombenanschlag zum Opfer gefallen. Niemand hätte überlebt.

Im Tagebuch hieß es weiter: »Alles wegen einer lächerlichen Gastritis. Das wäre nicht geschehen, wenn ich bei ihnen gewesen wäre!« Es folgten die verschiedensten Formulierungen von Selbstvorwürfen, die Frederick nicht zu Ende las. Er blickte schließlich auf und seinem Gegenüber, der ihm das Buch gebracht hatte, in die Augen.

»Du hast diese Geschichte immer wieder erzählt. In den letzten Jahren hast Du dabei oft geweint. Auch viele Menschen hier kennen sie«, hatte der Mann gesagt, der vorgab, sein Enkel zu sein. Der Therapeut hatte gesagt, Schuld sei selten ein gutes, aber ein starkes Gefühl. Frederick hatte nichts gesagt. Er hatte nichts zu sagen gewusst und sein Gegenüber nur schweigend und emotionslos angesehen.

»Ich lasse das Buch hier.« Langsam, enttäuscht und seufzend hatte sich der junge Mann erhoben, während er sich mit den flachen Händen auf dem Tisch abstützte. Er hatte Frederick auf die Stirn geküsst und zärtlich gesagt: »Mach es gut, Opa. Ich komme in den nächsten Tagen wieder vorbei.« Als er aus dem Speisesaal ging, hatte sich keiner der beiden Männer noch einmal umgedreht.

Frederick Heimannsberg schlug in seinem Zimmer, was ihm so unbekannt war, erneut die Seite mit dem Foto auf und glitt mit seinen Fingern darüber.

Seine Schultüte war blau. Die Mutter hatte einen großen Karton gerollt, zusammen geklebt und ihn in Stoff eingenäht, den sie aus zerschlissenen Kleidungsstücken zusammengeflickt hatte. Darauf hatte sie aus Pappe eine gelbe Banane, einen roten Apfel, zwei lila Kirschen und eine grüne Birne geklebt. Oben umrandete sie eine Borte aus weißer, aber dreckiger Spitze. Der Stoff ging über ihren Rand hinaus und ließ sich mit einer Kordel zuknoten. Er durfte sie erst nach seinem ersten Schultag aufmachen. In der Tüte waren viele kleine Bonbons, fruchtige und sahnige, und ganz oben darauf lag eine große Packung mit Buntstiften und eine blaue Butterbrotdose. Sie mussten eine Zweierreihe vor der Tür der Toilette bilden. Er stand mit seinem Nachbarn und seinem besten Freund, die Schultüte in der Hand ganz vorne. Herr Scholz, ein großer hagerer Mann mit Bart, begrüßte sie freundlich und ging voran vom Schulhof in seinen ersten Klassenraum der 1b. Voller Stolz wendete er den Kopf und blickte zurück auf seine fotografierenden Eltern.

Frederick riss seine Gedanken mit großem Kraftaufwand zurück in die Gegenwart. Er kannte niemanden dieser jungen Männer auf dem Bild. Dessen war er sich sicher. Nicht einmal den, der die Abzeichen eines Leutnants trug. Als er schließlich einschlief, konnte er sich selbst nicht erklären, was ihn traurig machte.

Ralf Burnicki

Kaufkraft

»Kaufen, marsch marsch!« (Kaufbefehl Mediamarkt)

All diese vorhersagbaren tickenden Städte mit ihren ampelgetakteten Ideen, gelichteten Straßengeheimnissen und aufgemotzten Lebensläufen bei abgenutztem Reifenprofil, tickende Einkaufspassagen, von der aufpolierten Karosserie der Altstadt mit Tuningsatz aus Kaufhausfassaden und Sparkassen bis zum nördlich tiefergelegten Superdiscount. Check in, ein Kolbenhub vom Bankautomaten zum Maxistore, Scheck out. Non Stop eingeschwenkt zwischen Geldkarte und Sonderangebot, tickende Blicke, startende Motoren.

Kaufen. Kaufen. Von Berlin, Frankfurt bis New York gehorteter Dumpingpreis, steigen die Tachometer schaufensterweise auf Lohnkilling von Casablanca bis Taiwan, bis zum Anschlag durchgetreten das Gaspedal, immer Stoff geben im digitalen Bilderablauf, gestochen scharf die Bilder, Drehzahlmesser, die Armaturen westlicher Metropolen aus Mengenrabatt und Lifestyle-Idyll, Sonderausstattung oder Kunststoff-Classic, Sichtweisen wie Serienmodelle, gezeugt aus der Paarung von Neonlicht und verkaufsoffenem Samstag. Die Abende, vormals eine Performance des Sommers, sind wie aus Automagazinen geschnitten.

Kurzum: die Städte finden in Kaufhäusern statt, wo die Freiheit als Plastikbeutel zu haben ist und sich die Aufreißwaren ansammeln im Kopf, in einem Hohlraum für kleinlaute Erwartungen. Der allwöchentliche Starterkit eiliger Erfahrungen. Ja Drehzahlen. Drehzahlen! Die Tachometer zeigen von Hoffnung auf Sehnsucht auf Kaufsucht. Kaufen ist zahlen. Zahlen ist Showtime. Die Werbung verwandelt sich im Kopf zur Begriffsleere, zur Inhaltslosigkeit bei Ereignisfülle und wiederkehrenden Slogans, die große Sprachkippung.

Vielleicht also die Blicke. Hier und dort ein Exemplar unverhoffter Begegnung, und tatsächlich: Verlangsamung, innehalten, stillstehen, bisweilen ein diskreter Tausch von Zärtlichkeiten unter der Hand, & plötzlich scheint es, als zöge die Welt die Jacke aus, risse ihr T-Shirt herunter & stünde da mit einem Leib aus wolkenfreiem Himmel und ihrer alternden Haut aus Licht wie die trotzweise Leibhaftige. Kein Werbetrick, keine Verkehrsmeldung, sondern der Zufall des Augenblicks, das nackte JETZT in aller Öffentlichkeit. Ein heikler Fall, kleiner Planungsfehler im durchstartenden Kundenstrom. Doch der Alltag ist schon auf Posten, der den Umherstehenden sagt: Hier gibt es nichts zu kaufen, bitte weitergehn.

(aus: Ralf Burnicki, Zahnweiß - Kaufhauspoetry, Verlag Edition AV, Lich 2007)

Petra Czernitzki

Landpartie

Die Straße führt durchs weite Land,
daneben sieht man Straßenrand,
mit Kühen, die auf Wiesen grasen
und Hasen, die durch Gräben rasen.

Die Straße führt durchs weite Land,
daneben sieht man Straßenrand,
mit Autos, die durch Gräben grasen
und Menschen, die in Gräber rasen.

Mit grellem Kreischen geht rasant
die Friedhofsruhe übers Land,
ein Kreuz steht still am Straßenrand.

Michael Helm

Das Feuerzeug

M an räumte den Müll fort. Die kleine Autobahnraststätte direkt hinter der Grenze war voller Leute; Leute, die sich nicht kannten. Ein Mann am Tresen holte ein Feuerzeug aus seinem Mantel und zündete sich an der kleinen, flackernden Flamme seine Zigarette an. Der Mann hinter der hölzernen Theke stellte ein Bier vor ihn auf den Deckel und griff, während er mit der anderen Hand schon nach einem Geschirrtuch langte, nach den Münzen, die neben dem Bierdeckel mit einem leergetrunkenen Glas lagen. Mit dem Tuch wischte er über den Tresen und hinterließ feuchte Ränder, während das Geld in die Kasse klimperte, »Danke«, und die Hand, die das Geld über den Tisch gezogen hatte, nahm das leere Glas vom Tresen und stellte es auf die Abtropffläche. Es schepperte. Man rief sich Worte zu, »Ein Wienerschnitzel mit Pommes!«, »Drei Kaffee!«, während die Tür zur Küche hin und her schwang, »Die Rechnung für Tisch drei!« und unsichtbare Angesprochene irgendwelche Tätigkeiten ausführten, »Jawohl, ich sage meinem Kollegen Bescheid«, – dann kamen die Dinge plötzlich von irgendwoher, das Essen aus der Küche, volle Tabletts mit Biergläsern, randvoll, überschwappend oder Abwischlappen in irgendwelchen Händen, die über die Tische geschleift wurden, die auch dort feuchte Ränder hinterließen, und verschwanden, irgendwohin, das Essen kurzfristig an Tisch drei oder neun und dann…, die Gläser wieder ins Spülwasser, glucksend saugende Geräusche hinabziehend, und die Lappen in die schmutzigen Taschen der Bedienungen. »Hat jemand schon die Fünf abgerechnet?« Menschen kamen und gingen. Stühle rückten. Man hörte das Reißen am Zigarettenautomaten. Den frohlockenden Singsang eines Glücksspielautomaten. Dosenautomaten. Das Schlagen der Klotür. Sohlengeräusche. Gläserklirren. Besteck. Geschirr. Mülleimerdeckel. Hundegebell. Tabletts. Husten. Radiostimmen. Zapfanlagen. Klospülungen. WC-Reiniger. Hände. Servietten. Aktentaschen. Feuerzeuge. Mayonnaisetüten. Lampen. Türen Zigaretten Niesen Quatschen Rempeln Schiebetüren Klofrauen Gesichter mit Hüten.

»Willst du noch einen Kaffee?« »Noch zwei Stunden.« »Bringst du mir…?« »Bin gleich wieder…« »…wieso ich!« »Gib schon her…« »… ist kalt.« »Nee!« »Kann ich zahlen?« »Der Kaffee…« »Elf Mark und dreißig.« »Entschuldigen Sie…« »ja« »nein« »nein« »aha« »Danke, stimmt so.« »ja« »Danke« »Ich sage Bescheid« »Warum?«

Ja, warum eigentlich? Von draußen hörte man das Rauschen des Verkehrs, große Lastkraftwagen, die mit langen Anhängern über die Straße donnerten, Türen, die zugeschlagen wurden und blechern klirrend eine kleine mechanische Welt verschlossen. Das Rauschen des vorbeiströmenden Verkehrs. Ein Atmen. Geräusche… Geräusche… Geräusche…

Darunter eines, das kaum aufgefallen wäre, wenn es nicht irgendwie anders gewesen, aus dem Rahmen gefallen wäre. Wenn dabei nicht ein Stuhl hingefallen wäre. Wären da nicht die Köpfe am Tresen gewesen, die plötzlich in eine Richtung starrten – Verwirrung, Ärger, Verachtung, auch Mitleid – während der Barmann seine Gläser spülte. Wenn da nicht eine Unregelmäßigkeit gewesen wäre, die ich sofort spürte, die alle spürten, auch wenn immer noch die Rufe aus der Küche, die Automaten, die Schritte im Flur, das Licht an der Decke... ...wurde es ruhiger. Ein wenig, dann mehr.

Stille.

Das maßlose Schweigen der Lebenden.

Ein Mann lag am Boden. Das Geräusch war sein heftiges, unregelmäßiges Atmen. War er gefallen? War etwas passiert? Blicke. Leere. Schweigen.

»Herrgott, die Pommes sind fertig!« Die Küchentür flog auf. Nur das Radio blökte von irgendwoher aus dem Hintergrund. Was vorher kaum jemandem aufgefallen sein konnte, entlud sich nun in die Stille.

Ein Mann stürzte von seinem Stuhl am Tresen und seine Stimme rief nach einem Arzt, sicher. Ein Barhocker krachte zu Boden, sicher. Ein anderer Mann stieß vor Schreck sein Bierglas um und das Bier rann über den Tresen. Reflexartig das Wischtuch. Doch noch den Telefonhörer, während das Bier floss. Ein Mann suchte ein Taschentuch, ein zweiter bot seine Serviette an. Eine Frau zerrte ihre kleinen Kinder aus der Gaststätte und verschwand vor der Tür. Zwei Herren erhoben sich und verschwanden plötzlich irgendwo. »Einen Krankenwagen, ja, hören Sie!« In dem Tumult, der losbrach, war kaum noch etwas zu verstehen. »Bestimmt ein Herzanfall«, sagte ein Herr neben mir und verstummte, weil ihn seine Frau vorwurfsvoll anblickte. Mechanisch aß er weiter. Wieder vorwurfsvolle Blicke.

Vor dem Tresen hatte sich auf dem Fußboden eine Traube von Körpern gebildet. Langsam muss ich mich erhoben haben, um etwas zu sehen, um über die Schultern der Männer zu blicken, die dort knieten.

Etwas roch merkwürdig. Ich machte nur einen Schritt, das weiß ich genau, bis sich eine Hand auf meine Schulter legte. Aber ich konnte den Blick nicht losreißen, wollte sehen. Doch der sanfte Griff, er hielt mich zurück. Ich spürte den deutlichen Impuls, mich zu bewegen. Mich darauf zuzubewegen. Einen Augenblick lang sah ich ein Gesicht auf der Erde und es war bleich wie der Boden; Stein, wie die Fliesen, die ich unter meinen Füßen zu spüren meinte. Dann war es fort, verborgen hinter einer Schulter, hinter dem Rücken eines Mannes, hinter den Rufen eines anderen, wo denn der Arzt bliebe. Ich hatte mich immer gefragt, wie man einer Stimme anhören könne, wenn sie ängstlich wäre. In der Schule – in einem Buch hatte das gestanden, aber ich konnte es mir nicht vorstellen. Immerzu hatte ich versucht, vor dem Spiegel ein ängstliches Wort auszusprechen. Hatte mich gefragt, was das ist, ein ängstliches Wort: Angst? finster? düster, schaurig? Und ich versuchte, das auszusprechen. Es klang wie düster, es klang wie dunkel oder wie ängstlich, aber nicht anders als hoffentlich oder lebhaft. Doch jetzt hörte ich den Klang, bestimmt. Ganz sicher. Und ich wusste, was in der Geschichte gemeint gewesen war. Es war wie ein Zittern der Stimme, das ich nicht gekannt hatte. Drei Männer traten von draußen durch die Tür und die Männer am Tresen erhoben sich. Jetzt verbarg sich alles hinter den roten Jacken der Fremden. Aber ich wusste gar nicht, ob ich noch wissen wollte, was dort vor sich ging. Nachdem ich gehört hatte, was Angst war, wollte ich nicht wissen, ob ich sie auch sehen konnte. Vielmehr spürte ich deutlich die Wärme der Hand auf meiner Schulter und wie sich alles veränderte.

Man brachte eine Bahre. Man legte eine Gestalt darauf, die zugedeckt war. Und dann entfernte man sich. Die Männer am Tresen waren aufgestanden und gegangen. Das Bier war fortgewischt. »Dreimal Pommes mit Mayonnaise«, kam es aus der Küche. Eine Bedienung hob den Barhocker auf, auch einen zweiten. Türenschlagen. Geldgeklimper. Gläserklirren. Der Mann steckte sein Taschentuch sauber wieder fort und trank sein Glas aus. Ein zweiter starrte auf den Tresen. In diesem Blick konnte man es erkennen: Es war das Unsagbare, das Unbeschreibliche, das blieb, als der Lärm wieder anhob; die Geräusche, das Klirren von Geschirr, das Besteck, die Zigarettenautomaten, das Geräusch, das ein Feuerzeug macht, wenn man das Gas entzündet. Mein Vater nahm mich bei der Hand, obwohl ich längst zu groß war, um mich von ihm durch das Leben schleifen zu lassen. Aber ich folgte ihm willig, als hätte ich die Berührung gebraucht, um mich wieder bewegen zu können. Der Ort um uns schien unverändert: schnell wechselnde Bilder, schnell wechselnde Gerüche. Der kleine Tumult des Daseins. Und dennoch glaube ich, schien hinter all dem Gewirr und Geplapper ein verborgenes, maßloses Schweigen zu liegen, das dem Menschen nur bewusst wird, wenn man sich auf etwas Einfaches, etwas Grundlegendes zu konzentrieren vermag, wie das regelmäßige Atmen eines Menschen. Trotzdem stelle ich mir heute ein anderes Geräusch vor, wenn ich mich an den Ort und die Geschehnisse von damals erinnere. Ich höre das Zischen des Gases, das unaufhaltsam leise aus einem Feuerzeug entweicht, bevor ich es anzünden würde.

Christine Zeides

POST MORTEM

S ie sind von dir gewichen
Jene sorgenvollen Züge
Das schmerzverzerrte Leben
lässt dich ziehn
Geh du in die Äonen ein
den Körper aber
lass uns hier
Die aufgebrauchte Hülle
Das Gesicht
dass du so lang getragen hast -
Sieh deinen Schädel
die tiefen Augenhöhlen
starren unbeeindruckt in die Leere
Darunter: Nasenlosigkeit
und teilnahmslose Schläfen
Die kleine Reihe heller Zähne
zermahlt sich Zeit
im Kiefergelenk
Vielleicht hat sich noch
eines deiner Worte
hier verfangen

Letztlich
Bleibt von dir
ein anatomisches Grinsen
Post mortem

Artur Rosenstern

falsche zeit – falscher ort

für M.

ich gehe den weg zurück auf der
suche nach unserer zukunft von gestern
ich will die schienen neu legen
die züge umleiten …
der geruch des weißgetünchten hauses
von damals wacht wieder auf
der anblick meines kindergesichts
lähmt mir die zunge meine augen
gleiten zu boden trotz des gleichen
nenners finden wir keine gemeinsame
sprache … ich trag gänzlich allein die
schuld für die zerbrochenen träume die
schatten meiner kindheit fließen entlang der
weißen wand in der weinenden frau im hof
erkenne ich meine mutter – sind das reuetränen?

ich berühr ihre hand und will sie trösten
sie wusste um die brüchigkeit meiner träume
ich greif nach dem pinsel in ihrer hand
streiche das hofpflaster weiß und fordere sie auf
zum tanz … auch ihre züge waren zur falschen
zeit vom falschen ort abgefahren

Norbert Sahrhage

Am Ende des Weges

Samstag, 4. November 1944

Die Frau bat nicht um ihr Leben. Sie wusste, dass das sinnlos war. Die beiden SS-Männer, dem Jugendalter kaum entwachsen, würden sie gleich erschießen. Auf dem Weg zu dem kleinen Wäldchen, das nur einige hundert Meter von dem Kotten entfernt lag, in dem sie die letzten Monate mit ihrem Mann und ihrem Sohn verbracht hatte, waren die beiden Männer nicht bereit gewesen, mit ihr ein Wort zu wechseln. Sie hatten sie nur geringschätzig angesehen und nach vorn gestoßen, wenn sie zu langsam ging, wenn die Angst ihre Schritte lähmte. Alle ihre Versuche, mit den beiden in ein Gespräch zu kommen, waren erfolglos geblieben.

Die Frau blickte sich um. In einiger Entfernung arbeiteten drei Menschen auf dem Feld, neben ihnen stand ein Leiterwagen, vor den zwei Pferde gespannt waren. Die Frau erkannte den Bauern Große-Beckstette, dem der Nachbarhof gehörte, Giesbert Ahrens, der mit seiner Frau im gleichen Kotten wohnte wie sie, und Wiktoria, die polnische Zwangsarbeiterin. Alle drei hatten sich abgewandt und widmeten sich intensiv ihrer Arbeit, so als würden sie die kleine Gruppe, die da auf das Wäldchen zustrebte, nicht wahrnehmen. Vermutlich ahnten sie, was gleich passierte. Die Angst vor den Uniformen der SS war aber zu groß, als dass die Frau mit der Hilfe der drei hätte rechnen können.

Sie hatte befürchtet, dass man früher oder später nach ihr suchen würde. Zugleich hatte sie in den letzten Wochen immer wieder inständig gebetet, man möge sie und ihre Familie unbehelligt lassen. Die wenigen Informationen, die ihr Mann abends von der Arbeit in der Maschinenfabrik mit nach Hause brachte, ließen die schwache Hoffnung in ihnen aufkeimen, dass der Krieg bald zu Ende sein würde. Die Invasion der Alliierten in der Normandie war erfolgreich gewesen und die Wehrmacht befand sich auf dem Rückzug. Aachen war bereits von den Amerikanern besetzt. Aber dann war vor wenigen Tagen diese SS-Einheit hier aufgetaucht. Das hatte alles verändert. Ihre Angst war gewachsen, sie hatte sich kaum noch aus dem Haus getraut. Als sie ihren Mann am Morgen gebeten hatte, bei ihr zu bleiben, hatte dieser versucht sie zu beruhigen: „Ich muss bei der Arbeit erscheinen. Wenn ich fortbleibe, wird man noch eher auf uns aufmerksam." Sie wusste, dass er Recht hatte. Trotzdem war sie verzweifelt, als er morgens, noch vor Tagesanbruch, das Haus verließ. Sie bereitete ihrem 14-jährigen Sohn das Frühstück und schickte ihn in die Gärtnerei, wo er eine Lehre machte.

Um die Mittagszeit waren drei SS-Männer erschienen. Einer blieb, an sein Fahrrad gelehnt, draußen vor dem Kotten stehen, die beiden anderen hatten – ohne anzuklopfen – das Haus betreten und nach ihrem Namen und Ausweis gefragt. Als sie ihnen das Dokument mit dem eingestempelten »J« zeigte, hatten sich die beiden nur kurz angeblickt und sich zugenickt. Dann hatte einer der beiden Männer, ein knabengesichtiger Hüne, der aus seiner Uniform herauszuwachsen schien und an dessen Wange und rechtem Ohr eine frische Verletzung abheilte, den Ausweis eingesteckt und ihr befohlen mitzukommen.

Sie waren jetzt an dem kleinen Wäldchen angekommen, in das ein schmaler Pfad hineinführte. Der Hüne wies mit der Hand auf den Pfad. »Da hinein«, sagte er. Als die Frau keine Anstalten machte weiterzugehen, erhielt sie von ihm einen heftigen Stoß in den Rücken, der sie mehrere Schritte nach vorn stolpern ließ. Die Frau versuchte, ihr Gleichgewicht zu halten, was ihr nur mühsam gelang. Als sie ihre Bewegungen wieder kontrollieren konnte, standen die drei im Wald. »Umdrehen. Augen zu«, befahl der Hüne.

Sie wusste, sie war am Ende ihres Weges angelangt. Sie wollte nicht um Gnade betteln, die ihr doch nicht zuteil werden würde. Dafür hatte sie in den letzten Jahren zu viele entwürdigende Situationen erlebt. Während sie sich umdrehte, galten ihre letzten Gedanken Rolf, ihrem Sohn, und Gottfried, ihrem Mann. Sie betete, dass die beiden die nächsten Wochen und Monate unbeschadet überstehen würden.

Hinter ihr hatte der Hüne seine Waffe aus der Pistolentasche gezogen und zielte auf den Hinterkopf der Frau. Dann drückte er ab.

(aus: Norbert Sahrhage: Der Mordfall Franziska Spiegel, Pendragon Verlag, Bielefeld 2016)

Christine Zeides

Neid

L ästiger Schmarotzer
meiner Vorstellung
schlägst du wieder
spitzzähnig züngelnd
deine Zweifel in mein Fleisch
Zerrst mich
vor den Spiegel
Schmerzensreich
zerkratze ich
das Bild der Unvollkommenheit
das sich mir zeigt
Zernagt hast du
all das
was mich noch aufrecht hielt
Ich gehe zu Boden
sehe niederträchtig
zu meinem Peiniger
hinauf
Erbarmungsloser Akt
selbstgezeugter Folter
ohne Ende

Ralf Burnicki

Schöne Städte

Es ist die Schule der kleinen Gefühle, wenn der Mittag im Stadtkern das Einmaleins des Lichts diktiert und mit denkmalgeschütztem Lächeln die alten Zeiten aus der Tasche zieht, zahnweiße Häuserzeilen, handlackierte Holzrahmen um feinstes Fensterglas, hier wirkt alles glasklar, will sagen: lupenrein das Gewissen und die Geschichte, als hätte es nachts einen gründlichen Abwasch gegeben, Schwamm drüber, - und ein Himmel danach, der die Fragerouten der Touristengruppen abtrocknet, die dem Unterricht mit Kamerablicken folgen.

Verjährt scheinen Sätze, in denen jemand vom Dachbalken herabhing, als hätte ihn eine Unversöhnlichkeit gestoßen, vielleicht, als mit den Büchern das Denken verbrannte. Manche Zeit ist eine Erinnerung dritten Grades, die mit Vergessen behandelt wird, weil die Obrigkeit tief sitzt. Doch Vergangenheiten ruhen nicht. Sie sind in den Geräuschen. Sag Altstadt, sag Burg und Kirchturm, und du hörst die High Heels der Macht auf dem Straßenpflaster klappern. Sag König, Kaiser, Diktatur, und du hörst den Marktplatz große Töne spucken und wie am Schluss die Welt zerbricht.

Längst zogen die Bedeutungen weiter, vorbei an Fürstenstatuen, Kirchhof und Soldatengrab. Und kaum dass die Altstadt ihre Stuckfassaden aufknöpft, setzen sich Geschäftsauslagen über das Gedächtnis hinweg,

Eisstuben stillen den Wissensdurst, und Mengenrabatte, die Singvögel des Alltags, flattern jenen Touristen nach, die T-Shirts und Schwalben zu schätzen wissen. Im Rathaus nüchtern Ideen aus, Devise: Nur keinen Wind machen, alles sauber halten, keine Bücher wecken. Brandverordnung zur Geschichte, Absatz 1, Paragraph 2 zur Abdichtung von Schönheitsfehlern, Entfall von Schmerz.

Artur Rosenstern

eingequetscht

eingequetscht zwischen den jahren
zwischen gesichtern stimmen und worten
zwischen gedanken welten und sprachen
zwischen tönen gerüchen und stimmungen
zwischen berührungen und geschmäckern
liege ich zusammengepresst zu einer
(ziel-)scheibe hauchdünn brüchig scheintot
hand heben erlaubt
lippen bewegen unerwünscht
tagein tagaus neue witterungen
die an der seele nagen

ich muss nichts?
mitnichten
ich muss mich in asche verwandeln
beizeiten und stellt mir bloß keine
dummen fragen wieso weshalb warum
kommt zeit – kommt rat …

verzeiht mir herrschaften diese floskel
solche ausrutscher passieren uns
minderdichtern … ich sehe euch die
tödlichen pfeile formen aus worten
spürt ihr auch den odem des neuen lebens
erahnt das wiedererwachen des
phönix unter all den bergen von asche?

Christine Zeides

Zweitzeugin

Sie fährt Bahn
Er hat einen Sitzplatz
In sein Gespräch vertieft
sieht er sie nicht
ihre grauhaarigen 77
Sie hält sich einem Mahnmal gleich
an einer Stange fest
Zerbrechlich steht sie da
und dünn

Sie sieht seine Gesten
hört aus seinem Mund
Worte von früher
Sie kennt sie gut genug
Geburtsjahr 1930
All diese Worte

Er hat im Nachtschrank seines Opas
Mein Kampf gefunden
Er findet es witzig
Er malt den Buchstaben einen Bart
beim Lesen
Er lacht laut in der U-Bahn
Sein Lachen bricht ihr Schweigen

Damals war sie 9
Hat Steinchen in der Tasche getragen
Fundstücke vom Wegesrand

Es sind Glasscherben
von Berliner Fenstern
sie klimpern beim hüpfen
In der Tasche auch die Feldpostkarte von Papa
Er kam nicht zu ihrem Geburtstag
Er kam zu keinem mehr
Mutter stand immer am Radio
Sie hört die Stimmen jede Nacht

Er kennt Krieg nur aus Spielfilmen
Die Helden überleben
Er will ein Held sein
Verkündet der ganzen Welt
seine Ansichten
Er hält sie für revolutionär

Sie gibt ihm eine Ohrfeige

Er spuckt ihr ins Gesicht

Aufprall zweier Welten

Ralf Burnicki

Versprochene Himmel

Über Politik heißt es,
sie hätte der Zukunft
ein Stück Himmel gegeben,
doch es kommt die Zeit,
in der das Licht zurückgespult wird
und die Luft zu dünn ist
für große Versprechen.
Die Produktion bleibt
auf der Strecke, der Kreisverkehr
der Einsamkeiten nimmt zu und die
Besorgungslisten des Verstandes
werden länger. Am Ende bleibt
die Erinnerungskultur der Trinksprüche,
der Saisonbetrieb der Bekenntnisse,
die Eintagsfliege einer Umarmung
und ein Mittag, der im Park die
Schattensplitter zusammenfegt.

Nicolas Bröggelwirth

Auf der Suche nach einem Traum

Unten ist eine Matratze, auf der man weich liegt, die einem aber trotzdem sanft und bestimmt den Rücken stärkt. Darauf ist ein Kissen, in welches der Kopf ganz behütet versinken kann. Und ganz oben ist eine Decke, die einen streichelnd wärmt, unter der man aber nicht schwitzt. Und mittendrin liege ich. Ich bin entspannt, atme tief, habe die Augen geschlossen. Mir ist warm, ich fühle mich wohl, habe weder Hunger noch Durst, die Luft im Schlafzimmer ist angenehm frisch. Meine Lider sind schwer, ich habe schon dreimal gegähnt. Wieso kann ich bloß nicht einschlafen?

Ich muss mich also auf die Suche machen, auf die Suche nach einem Traum. Aber wie sieht er aus, so ein Traum? Und wo findet man ihn, in welcher Gestalt? In Gedanken stehe ich auf, stemme die Hände in die Hüften und denke mich im Zimmer umher. Könnte hier ein Traum sein? Vielleicht im Kleiderschrank, zwischen den Socken? Ich glaube nicht. Ich gehe ins Wohnzimmer. Wo könnte hier ein Traum sein? Im Bücherregal? Im Fernseher? Sicherlich sind da Träume drin, aber nicht in der Form, wie ich sie gerade bräuchte. Möglicherweise sollte ich draußen suchen. Ich gehe mich mal anziehen.

Doch zunächst einmal drehe ich mich auf die andere Seite. Verflixt, jetzt hat mein Oberteil eine Falte geworfen, und ich liege genau mit meiner Rippe darauf. Warum musste ich mich auch bewegen? Die Uhr auf dem Nachttisch zeigt fast Mitternacht. Ich sollte jetzt unbedingt schlafen. Was habe ich vergessen, heute zu machen? Wann kann ich es morgen erledigen? Regen schlägt an die Fensterscheibe. Ist es das nervige Summen einer Mücke oder ein kleiner Hörsturz?

Meine alte Lederjacke! Die vermisse ich doch schon so lange. Ich dachte schon, ich hätte sie weggeworfen. Naja, unverhofft kommt oft. Auch im Geiste darf ich die Schlüssel nicht vergessen. Jetzt stehe ich also vor der Tür und frage mich immer noch, wo ich einen Traum finden könnte. Möglicherweise dort, wo viel geschlafen wird, im Krankenhaus oder Seniorenheim. Aber ob diese Träume schön sind? Ich habe eine Idee: auf einer Wiese im Sommer. Leider ist es Winter. Und als ich an den Schneematsch denke, fällt mir auf, dass ich keine Schuhe angezogen habe. Es juckt und zuckt in meinen Füßen. Wieso ist dort ein Katzenskelett oben im Baum?

Meine Nase juckt. Blöde Nase! Konzentriere Dich auf das Geräusch in Deinem Ohr, Junge! »Warum wird man nicht dann bewusstlos, wenn man es will?«, fragt sich nicht nur der Narkoleptiker. Mach' den Kopf einfach aus! Ich muss an Jens denken. In Urlauben konnte er sich immer einfach ins Zelt legen und war nach spätestens fünf Minuten eingeschlafen. Die elendige Napfsülze! Und dann ging das Geschnarche los. Am nächsten Morgen hatte er immer schon Kaffee gekocht und verkündete jedes Mal fröhlich und bestens gelaunt, mit fünf oder sechs Stunden Schlaf pro Nacht käme man sehr gut aus. Es war sein Glück, dass Morgenmuffel um diese Uhrzeiten selten diskutieren.

Als ich in den Wald komme, rieche ich Erdbeerkuchen. Ob ich im Wald einen Traum finde? Da sind ganz viele Katzenskelette hoch in den Bäumen. Die Neugier ist der Tod. An manchen Ästen hängt auch Erdbeerkuchen. Nein, ich muss jetzt nicht auf Toilette!

Jens jagt eine Katze aus einer Intensivstation auf einen Baum und isst dabei ein Stück Erdbeerkuchen. Die Früchte darauf sind gelb. Meine Füße ohne Schuhe sind kalt. Doch, verdammt, ich muss auf Toilette. Jens nimmt sich meine Lederjacke und legt sich neben den frischen Knochen auf dem Baum schlafen. Er findet sofort einen Traum. Ich gebe jetzt auf, danach zu suchen und mache mich wieder auf den Heimweg.

Unendlich müde drehe ich mich wieder auf die andere Seite. Ich habe Durst.

Dann klingelt der Wecker.

Petra Czernitzki

Der Liebeszauber

Der Liebeszauber baumelt schlaff und feucht
und duftet süß nach falschen Rosen.
Erst schwingt er sanft, dann steht er senkrecht fast
und bläht sich zwischen Unterhosen.

Der Liebeszauber flattert stolz und aufgeregt,
noch fest umklammert an der Leine.
Er reißt sich los und fliegt davon,
er ist nicht mehr der Meine.

Der Liebeszauber ist dahin voll Frühlingslust,
doch mir tuts gar nicht leid.
Ich wink ihm nach und lass stattdessen,
den Liebestöter unters Kleid.

Christine Zeides

Wir Glasmacher

Unser Vertrauen
zusammengeschmolzen
in der Glut
gemeinsamer Gedanken
Ein flüssiger Himmel
der glühend geformt
zu filigranem Glück erstarrt
Gläsernes Flüstern und Versprechen
Wir
die Glasfigur
in sich ruhende Reflektionen
von lichten Blicken
Verstehen ohne Worte
unser durchsichtiges Denkmal

Ralf Burnicki

Realitäten

Die Wirklichkeit tritt an uns heran, dann ist sie auch schon vorüber und wir starren ihr fasziniert und zugleich angeekelt hinterher. Wie schön sie ist. Preisvergabe winkt an jeder Ecke für Smartphonebesitzer und andere Marsbewohner. Oder sind WIR die Illusion? Denk dich mal durch die Glastüren deiner Gewissheiten. Was ist der Unterschied zwischen einem Gedanken und einer Drehtür, sagst du und dein Lächeln geht durch deine Worte spazieren, als wäre der Frühling ausgebrochen. Kein Widersinn bricht ein.

Kein Widersinn bricht ein. Das ist es, Ursachen und Folgen, überall Symmetrien, Linearitäten: Wie Glasperlen für die Berufstätigen & Karrieresüchtigen, Freudestrahlen der Geradeauszeigenden, dazu einige Nebensätze frei Haus und Straße frei fürs Gewohnheitstier, das in Begriffen steckt. So wird Mensch gemacht, wird Mensch ruhig gemacht, erhält die Berechtigung, nicht in Katastrophen verwickelt zu sein, verliert das Recht auf Beunruhigung, vielleicht, damit kein Aufstand geschieht, und mit diesem Gedanken trifft der Morgen ein, auf dem Stundenplan steht Geldverdienen und Wiederholung.

Geldverdienen und Wiederholung. Los geht's, diese Realität, also was wir benennen können, Farbgebung, Gestalt und so weiter gibt sich zweifelresistent und kann mit Einverständnis rechnen, das Angebot reicht weit wie das Auge, & unsere Sinne stolzieren am Testbild einiger Erfahrungen entlang, kennen sich aus mit Subkultur und Downtown, Härtegraden und Schriftbildern. Ein kursiv gedachtes Ich ist auch eine Art Schönschrift, entgegnest du, und als könnten deine Worte den Tag aufhalten oder Drehtüren bezwingen, atme ich deinem Satzbau hinterher. Noch am selben Abend werfen wir das, was wir Wahrheit genannt haben, einer Polizeistreife nach.

Artur Rosenstern

weihnachtspotpourri

hoch tut euch auf, ihr tore der welt
vom himmel hoch, da komm ich her
ich bring euch gute neue mär
lasst das licht ein und die töne lasst uns singen
dem neugeborenen kindelein ein concerto grosso
ein grave und ein vivace von arc-
angelo corelli

halt ich fang neu an
die frequenz muss ich einstellen

ich setz mich in die zweite reihe
auf dem podium die engel ganz in schwarz
musik ertönt manch eine geige und trompete
ist sich ihrer schritte nicht ganz sicher sie
suchen tastend die perfekte welle ihre
stimmen - gedämpft zuweilen heiser
                                    wackelig und leise

doch ihre blicke und das antlitz
o gott sie sind so himmlisch
ist das nicht einer der momente
die uns einflößen es sei magie wenn
augen schneller um die fremden
seitenblicke wissen als der kopf ...

sechs sonnen jede hat zwölf augen
gefangen im beton sie bringen
alle säulen deines hauses
zum zauberhaften leuchten
diese gemäuer sahen viele engel gehen

ich bitte dich enttäusch sie nicht
lass sie des lebens nicht vorzeitig überdrüssig
werden ich seh in ihren augen hoffnung
wachsen mit jedem ton mit jedem wort des
lieds lass sie mich verbinden die augen -
blicke zu einer kette die um den
erdball zwölfmal reicht
lass ihre liebe böses überwinden
lass die gefühle schneller reifen
als den verstand verräter

wir alle sind noch kinder
mit vierzig sechzig mit neunzig
allemal lasst das geschwafel
vom erwachsenwerden einzig
was sich im leben ändert sind
das spielzeug und die spiele

was soll ich sagen meinem engel
der mich da plötzlich fragt: aber im
richtgen leben ists doch nicht so schlimm –
natürlich nicht – hör ich mich sagen und
denke – mein liebes kind pass du bloß auf
im richtgen leben ist es zwölfmal so schlimm
lass uns doch besser den choral anstimmen

brich an, du schönes morgenlicht
dann wirds schon wieder

Petra Czernitzki

Ungesagt

Ich treffe mich mit mir
und dir
in einer dunklen Ecke,
auf der Tangente einer Strecke,
die mich in die Welt verlängert,
in einer Dornenhecke
von Sätzen und von Zeilen,
die meinen Kopf durchwuchert,
und steche hier
entschieden
den Stift ins Herz
und ins Papier.
Wenn Blut dann fließt,
beginne ich die Schrift.
Sie dreht sich schnell
als Wörterkarussell
im Kreis,
und in der Ecke,
geblieben auf der Strecke
mit mir
bleibt manches ungesagt,
bleibt vieles ungefragt.
In dein Gesicht
trifft nichts
und endet
schließlich im Gedicht.

Michael Helm

Unscharf

Es war ihm vorgekommen, als hätte er einen Schrei gehört. Von der Art des Schreies wäre er nachts hochgefahren und hätte orientierungslos nach dem Lichtschalter gesucht. Doch es ist taghell. So fangen nur Kriminalromane an, denkt er. Elli, denk´ an die U-Bahn! Aber sie würde sie verpassen. Sinnloses Zeug, das nicht zusammenpasst, aber das denkt er. Er bemüht sich um etwas mehr Struktur in seinem Kopf: Wie daraus etwas Sinnvolles bilden? Elli durfte die U-Bahn nicht verpassen. Er selbst liest keine Kriminalromane. Außerdem ist es taghell. Ließe sich daraus überhaupt etwas machen? Er ist nicht beunruhigt und das verwundert ihn. Er meinte, einen Schrei zu hören, bemerkt zwei oder drei wirre Gedanken dazu in seinem Gedächtnis, die ihm zusammenhangslos erscheinen und er ist nicht verwirrt? Erst dieser Gedanke lässt ihn unruhiger werden. Die zwei oder drei wirren Gedanken. Das ist kein Krimi, denkt er, also kein Anlass für Sorgen. Er kann es ruhig angehen lassen. Was ist mit dem Tunnel? Der eine Gedanke. Die Vorstellung könnte zur U-Bahn passen, die Elli nicht verpassen darf. Aber wer ist Elli? Vielleicht heißt sie Elisabeth und er nennt sie nur so. Was ist mit dem Tunnel? Die Frage lässt ihn nicht los. Er macht die Augen auf. Woher wusste er, dass es taghell ist? Aber es ist taghell. Er sitzt auf einer Parkbank.

Es war ihm vorgekommen, als hätte er einen Schrei gehört. Oder hatte er einen Schrei gehört? Orientierungslos sucht er nach dem Lichtschalter. Er begreift, es ist taghell. Er erinnert sich. Er sitzt auf einer Bank, auf einer Parkbank. Wird er jetzt verrückt? Hat er zu viele Kriminalromane gelesen? Er erinnert sich an zwei oder drei wirre Gedanken, die ihm einen Anlass zur Sorge bereiten. Er liest keine Krimis, denkt er. Elli, denk´ an die U-Bahn! Elisabeth darf ihren Zug nicht verpassen! Elisabeth? Vielleicht heißt sie Elisabeth und er nennt sie nur so. Wie passt das zusammen? Das gibt keinen Sinn. Was ist mit dem Tunnel? Die Fragen lassen ihn nicht mehr los. Er macht die Augen auf. Er sitzt auf einer Parkbank. Ist das ein Anlass zur Sorge?

Er hört einen Schrei. Verstört tastet er nach dem Licht. Er findet es nicht. Der Nachttisch scheint leer. Da ist nichts. Ist es überhaupt ein Nachttisch? Nein. Nein, kein Tisch, kein Licht. Er schreckt hoch. Es ist taghell. Er erinnert sich. Er sitzt auf einer Parkbank. Er denkt, er sitzt auf einer Parkbank. Aber passt das zusammen? Elli, denk´ an die U-Bahn! Elisabeth. Wer ist Elisabeth? Ist er nun aufgewacht, sitzt er auf einer Parkbank oder muss er Elli erinnern ihren Zug zu bekommen, damit sie ihn nicht verpasst? Die zwei oder drei Gedanken verwirren ihn völlig. Er versucht, Klarheit zu finden. Der erste Gedanke: ein Tunnel. Der zweite Gedanke: Er erwacht von einem Schrei. Obwohl er keine Kriminalromane liest. Der dritte Gedanke: Wie war noch der dritte Gedanke? Elli, denk´ an die U-Bahn! Er muss Elli erinnern! Das gibt keinen Sinn. Der Tumult in seinem Kopf ergibt keinen

Sinn! Er reißt die Augen auf. Er sitzt noch immer auf einer Parkbank.

Der Schrei! Er hört einen Schrei! Wenn er das Licht auf dem Nachttisch nur finden könnte. Er weiß, er wird es nicht finden, weil da kein Nachttisch ist. Er erinnert sich. Er sitzt auf einer Parkbank und es ist taghell, das weiß er. Er muss also Klarheit finden, so wie man langsam aus einem Traum in die Realität zurückfindet. Er war so nah dran. Erster Gedanke: ein Tunnel. Er erinnert sich. Der Tunnel, aus dem er erwacht? Der Tunnel in dem Elli mit der U-Bahn verschwindet? Zweiter Gedanke: Er erwacht von einem Schrei. Lässt er den Schrei einmal beiseite, erwacht er und sucht nach dem Licht, dass er nicht findet. Man kehrt aus einem Traum zurück wie aus einem Tunnel, vielleicht. Oder ein Tunnel, wie einer, in dem Elli mit der U-Bahn verschwindet? Dritter Gedanke: Er erinnert Elli an die U-Bahn. Diese steigt ein und verschwindet. Verschwindet in einem dunklen Tunnel? Wenn sie den Zug nicht verpasst. Ist das logisch? Nein. Nein, nicht logisch, verschwommen, verworren, kein Licht! Er reißt erschrocken die Augen auf und denkt an den Schrei. Es ist taghell. Er sitzt auf einer Parkbank. Er zittert heftig und schwitzt.

Er schreit! Er reißt die Augen auf! Er zittert und er schwitzt. Er sitzt auf einer Parkbank. Nein. Nein, keine Parkbank. Er erinnert sich falsch. Es ist keine Parkbank. Er erinnert sich falsch. Die U-Bahn verschwindet im Tunnel. Das Quietschen der Schienen, die Lichter des Bahnsteigs sind schon verschwunden. Jetzt erinnert er sich. Elli, denk´ an die U-Bahn! Sie winkt, er darf die Bahn nicht verpassen und sie winkt.

Er sieht sie winken, von ihrer Bank aus. Sie sitzt auf einer Bank. Jetzt erinnert er sich richtig. Hinter ihr war ein riesiges Plakat mit einer Bank im Grünen. Er zittert. Ein Mann mit Hut legt besorgt seine Hand von hinten auf seine Schulter. Ist alles in Ordnung mit Ihnen? – Ja, ja, stammelt er kurz. Er bedankt sich. Er schaut sich um im Waggon. Das Licht hier im Wagen ist spärlich. Aber das ist logisch. Ja, so ist alles logisch. Elisabeth, die er Elli nennt, hatte ihn zur U-Bahn gebracht. Er musste zum Zug, musste diese U-Bahn erreichen, die jetzt im Tunnel mit ihm verschwindet. Sie hatten sich beide verabschiedet vor dem Plakat mit der Bank im Grünen. War er eingenickt? So müsste es sein. Und hatte er selbst geschrien? So ist es logisch. Alles ist logisch, kein Anlass zur Sorge. Die zwei, drei Gedanken sind logisch verbunden. Sie hatten sich beide verabschiedet, vor dem Plakat mit der Bank. So war es gewesen. Er war mit der Bahn in den Tunnel gefahren und Elli hatte gewunken. Dann musste er wohl eingeschlafen sein. Sie hatten seit Tagen kaum noch geschlafen. Daran erinnert er sich. Und er selbst muss wohl geschrien haben, und davon war er erwacht. So ist das alles gewesen.

Entschuldigen Sie, sagt der Mann hinter ihm. Er dreht sich um, zu dem Mann mit dem Hut.

Elli lässt Ihnen ausrichten, sie habe die U-Bahn verpasst. Der Mann mit dem Hut sagt das und lächelt.

Er seinerseits sitzt völlig erstarrt.

Ist es taghell? Sitzt er vielleicht auf einer Parkbank?

Christine Zeides

Koordinatensystem

Schlag deinen Gedankenatlas auf
und verrate mir den Ort
Deines Aufenthalts
Sag mir die Position
Gib mir die Koordinaten
Deiner Meinung
In Nord und Süd
von Ost nach West
wo ich dich finden kann
zwischen den Kontinenten
Markiere deinen Punkt
in 3 Dimensionen
Dein persönlicher Ortsvektor
im Koordinatensystem

Was beschreibt dich?

Dein Kompass ist orientierungslos, denn
Du hast das Kreuzen deiner Landmarke
hinausgezögert
bist Wanderer zwischen den Zeitzonen
vom Klima unabhängig
weißt nicht, wohin du gehörst
Wohin, fragst du mich,
wenn du auf dem Äquator balancierst
auf dem Zenit deiner Verlorenheit

Du bist vom fahrenden Volk
und Deine Ansichten
sind ohne Wohnsitz
Du pendelst
zwischen politischen Achsen
von Quadrant zu Quadrant
über die Landkarte
Du bist überall zuhause
und doch heimatlos
Ich komme zur Landvermessung
Du zeigst deine Kulturlandschaft
mit hohen Vernunftgebirgen
doch die Wahlprogramme deiner Berge
sind Scheinriesen
wenn man ihnen zu nahe tritt

Wir suchen die Gletschermoränen
nach den letzten Sedimenten
einer Überzeugung ab
Weiten die Breitenkreise aus
und gelangen in gemäßigte Zonen
ohne Vegetation
Manch einer träumt davon
hier Monokulturen zu pflanzen

Dieses Globusgefühl im Hals
wenn du über Wanderwege wandelst
auf der Suche nach deinem
persönlichen Reiseführer
Hier oben dünnt die Atmosphäre aus
und deinen Ansichtspunkten
fehlt der Horizont

Die Gezeiten werden kommen
sagst du
und drehst dich
um 180°
Hast deine ganz eigene Geografie
ohne Wegweiser

Du Mensch ohne Kompass

Sag mir
wo du dein Lager aufschlägst
wo du deinen Grundstein setzt
Ich setz mich zu dir in Beziehung
Messe unsere Uneinigkeit in Metern ab

Lass uns endlich sagen
wohin es gehen soll
Die Erdplatten schieben sich
bedrohlich nah
an uns heran

Der Meridian zeigt auf uns

Und du hast keine Meinung

Artur Rosenstern

garten eden

mir sagte einmal jemand
vorm tod sieht man sein
leben vorm innren auge in bruch-
stücken schnell vorüberziehen

ist dem so dann bin ich tausendmal
gestorben an jenen tagen wie an
diesem schlenderte ich durch einen park
der glich dem garten eden schritt ich in
richtung norden sah ich die letzten jahre
meines vaters im osten hört ich die
wiegenlieder meiner mutter wie ein leises
echo sie ritten auf den wellen einer wasser-
quelle und spritzten wehmut in dosierungen die
kaum ein mann von dieser welt ertragen kann

im süden tischte das konzerthaus speisen à la
russe auf – das feinste von dem feinsten
tschaikowsky gabs als vorspeise rachmaninov
zum hauptgang und glinka zum dessert
mir war danach als würd ich sterben
die bilder eines lebens sollt die nachspeise
heißen geläutert und berührt verließ ich
diese nacht das festmahl der vorhof war
vom licht erfüllt als wär tag statt nacht der
wind der gegenwart wehte aus dem westen

es wage niemand zu behaupten die zeiten
von brentano wackenroder und dem
herrn hoffmann seien schnee von gestern

der blick zurück ließ mich erstarren der
pfingstgeist winkte mir zum abschied von
der marmortreppe zu umringt von hundert
greisen die weltuhr zeigte auf den pfingstmontag

der wind der gegenwart wehte aus dem westen

Bad Salzuflen
Kurpark am Pfingstmontag 2016

Ralf Burnicki

Sommerloch

Bisweilen ziehen die Tage dahin
und geben der Welt nichts, geben nichts
auf Himmel und Erde,
als machten sie von ihrem Streikrecht Gebrauch
halten zweckfreie Reden im Park,
mit ihrem losen Mundwerk aus Licht
oder wirbeln schlechte Zeiten hoch,
sprechen in Hitzegraden
von der Schattenwirtschaft der Enttäuschungen
und ballen die Luft zur Faust zusammen,
als wollten sie mit irgendeiner Geschäftsführung ab-
rechnen.
Dann gleicht die Innenstadt einer Betriebsbesetzung,
und am Bahnhof wird die Gewerkschaft
für benachteiligte Sitzarten ausgerufen.
Auf einer Mauer steht:
Das Aktionsbüro zur Verdopplung der Schwerkraft
finden Sie nach der zweiten Umarmung links.
Die vereinigten Tage rufen den Generalstreik aus,
holen die Staubfahnen hervor, die Umkehrschlüsse
und Sonnenschirme, die standhaften Streikposten
der Wohnblocks.

Nicolas Bröggelwirth

Schlechte Entscheidung

Der Morgen graut und mir davor,
ein schriller Ton dringt in mein Ohr.
Der Wecker ist´s, ich möcht´ ihn hau´n,
mir manchen schönen Traum noch bau´n.
Ach, Nein! Es geht nicht, muß doch wachen,
sind so viel´ Sachen noch zu machen.
Schon meldet sich der erste Frust,
ich hab´ auf alle keine Lust.
Schlaftrunken schleich´ ich müd´ auf´s Klo.
Wo ist Toilettenpapier, wo?
Die Zahnpasta ist ausgedrückt,
der Morgen macht mich noch verrückt.
Rasieren kommt nicht mehr in Frage,
es ist zu spät an diesem Tage.
Die Haare liegen… sieh nicht hin,
das macht hier alles keinen Sinn.
Zur Küche schlage ich fast lang,
steht zu viel Leergut hier im Gang.
Und weiter geht´s, man kann´s sich denken,
das Schicksal wird die Wege lenken.
Was niemand ahnt, der Tag wird´s zeigen,
er wird entpuppen sich als Reigen
des dümmlich mißlichen Geschick´s
fast bis zum Brechen des Genicks.
Was so beschissen hat begonnen,
des Abends lustlos wird verronnen
sein, nach manchen kräft´gen Hieben.
-    Ach, wär´ ich nur im Bett geblieben!

Christine Zeides

Perspektivwechsel

**Auf einer Bank
saß der Pessimist
mit hängendem Kopf
und seufzte
dem Boden entgegen
„Ach … wäre ich nur …**

Glücklich …
Ich bin
ganz unten angelangt
Was kümmert mich, dass ich
mein Leben in meiner Hand
vergeude und spüren kann
dass ich keine Zeit
mehr haben werde irgendwann
Weiß, dass ich keine Sorge
dem Vergessen preisgegeben
So Vieles
höre ich gern
Des Lebens Lachen
aber ist unbegründet
Der Zweifel an mir
wird immer in mir sein
Was mir einmal wichtig war
vergesse ich
Die trüben Gedanken
halten meine Seele
Hoffnungen für Morgen

habe ich nie
Freude als trübes Leid empfunden
in allen Lebensjahren
Lasse ich mir
die kleinen Glücksmomente …?

Unter der Bank
grinste ihm der Optimist entgegen
„Lies doch mal,
was du geschrieben,
aus meiner Perspektive!"

Petra Czernitzki

Scheiterhaufen

Die Hexen der Neuzeit
brannten zuhauf
auf dem Scheiterhaufen.
Die Vernichtung der weisen Frauen
war dem Patriarchat
ein brennendes Anliegen.
Heute brennen Frauen
darauf zu heiraten.
Wie weise ist das?
Ehen scheitern zuhauf.
Ein Haufen
gescheiterter Existenzen
brennt auf dem Scheiterhaufen
gescheiterter Ehen.
Die geschiedene Armut ist weiblich.

Artur Rosenstern

wenn - und

Wenn sterben zum alltag wird
und der rasen mit blut gegossen
wenn bomben denken lernen
und der schnee nicht mehr rieselt
wenn die sahara an unsere türen klopft
und wir auf elefantenjagd gehen
wenn moskitos die schlafzimmer fluten
und die luft vor sengender hitze gefriert
wenn nadelbäume in die taiga auswandern
und palmen unsere gärten zertrampeln
wenn alle die dürsten und hungern
bei uns zuflucht finden
und wir keine luftschlösser mehr bauen
wenn unsere zungen verdorren
und uns worte für ausreden ausgehen
wenn unser tränenfaß morsch wird
und wir schlangen im schwimmbecken züchten

dann werden wir wissen - wir sind im paradies

Petra Czernitzki

Freitagabend

Es ist Donnerstag, was unerwartet schnell ging, denn vorgestern war erst Dienstag. Ich stelle fest, dass ich noch keine Pläne für das Wochenende habe, und es höchste Zeit ist, in die Planung einzusteigen. Ich blättere in einem viel versprechenden Veranstaltungsmagazin und finde eine vielversprechende Ankündigung. In meinem Stammlokal steht am Freitag »Musik live und von der Rille« auf dem Programm. Das könnte man eventuell ins Auge fassen, denke ich, und kümmere mich wieder um meine Donnerstagsangelegenheiten.

Es ist Freitag und ich bin in der Kneipe meiner Wahl vom Donnerstag angekommen. Das Lokal ist gut besucht. Unglücklicherweise fällt die Livemusik so kurzfristig aus, dass ich es live miterlebe. Auch die Musik von der Rille findet nicht statt und die ersatzweise gebotene CD-Konserve kann sich gegen die Klänge von allgemeinem Palaver um mich herum nicht durchsetzen. Deshalb bin ich nicht sicher, ob ich die Entschuldigung der Veranstalter annehmen werde. Doch noch ist Hopfen und Malz für einen schönen Abend nicht verloren, denn ich bin hier verabredet mit jemandem, den ich schon jahrelang kenne und gut leiden kann. Wir verbringen gelegentlich einen Abend allein oder in Gesellschaft miteinander. Es ist auch schon vorgekommen, dass wir die ganze Nacht durchgefeiert haben, bis wir zusammen im Bett gelandet sind. Meistens bereue ich das am nächsten Morgen, aber sein herrlicher Astralkörper und seine Verführungskünste lassen mich immer wieder schwach werden. Er sieht nicht nur strahlend gut aus in seiner blonden Pracht, sondern hat auch eine umwerfend einnehmende Art und ist ein echt uriger Typ, genauso stur wie norddeutsch. Ich mag es, wenn er wie gebannt an meinen Lippen hängt und mir gefällt die Art, wie er mich anlächelt. Was ich auch an ihm schätze, ist die Tatsache, dass er immer für seine Freunde da ist und nie nein sagt, wenn man ihn um eine Verabredung bittet. Kein Wunder, dass er allseits beliebt ist.

Es ist 21 Uhr und er ist noch nicht da. Ich stehe an der Theke, warte geduldig und nippe an einem Grappa. Mit einiger Verspätung kommt mein alter Bekannter endlich, und begrüßt mich als perfekter Gentleman mit einer Blume. Er schäumt zunächst beinahe über vor Freude mich zu sehen, doch fällt dieser Anflug von Extrovertiertheit schnell in sich zusammen. Der Gute ist zwar charmant, aber keine rheinische Frohnatur, sondern hat im Grunde ein eher kühles Wesen. Ich finde das ganz prickelnd. Manchmal zeigt er sich allerdings so eiskalt, dass mir richtig komisch im Magen wird. In dem Fall ignoriere ich ihn eine Weile und es dauert nie lange bis er sich wieder etwas freundlicher und warmherziger gibt. Meistens mag ich seine coole Art jedenfalls ganz gern und komme gut damit klar - nur heute werden wir überhaupt nicht warm miteinander. Von ihm kommt nichts und ich weiß auch nicht, was ich sagen soll. Er ist so distanziert, als ob sich seit unserer Begrüßung irgendein Ärger zusammengebraut hätte. Was ist bloß los? Ich hatte mich auf einen netten Abend gefreut, aber jetzt fehlt mir eine anregende Unterhaltung. Mein sturer, norddeutscher Typ gefällt sich anscheinend in der Rolle des schweigsamen Unnahbaren, während um uns herum die allgemeine Stimmung immer bierseliger wird. Vielleicht braucht er einen Schnaps. Ich ordere einen doppelten, einen für mich und einen für ihn. Ich schenke ihm tiefe Blicke, halte mich an ihm fest und streichle ihn sanft, aber der Stiesel beachtet mich überhaupt nicht. Außerdem schwitzt er, ich sehe wie kleine Tröpfchen langsam in seinen Kragen rinnen. Das ist alles sehr seltsam und hinterlässt einen bitteren Nachgeschmack. Ich denke über Beziehungen nach, die zu nichts führen und über die Verflossenen der letzten Zeit. Keiner von denen hatte echte Substanz, besonders nicht der Möchtegernitaliener mit zu wenig Latte. Der war ein geschmackloser Angeber und ganz schnell kalter Kaffee. Ich sollte vielleicht meinen Fokus auf hochprozentigere Typen richten. Inzwischen stehen meine Begleitung und ich schon seit geraumer Zeit schweigend am Tresen herum und ich langweile mich immer mehr. Ich beuge mich zu ihm hinunter (er ist ein ganzes Stück kleiner als ich) und raune ihm zu: »Du hast deine Krone zwar verloren, aber dein gelber Teint steht dir wirklich gut.« Keine Reaktion, aber was kann man von einem Bier schon erwarten?

Christine Zeides

Geometrie des Endes

Lass uns
einen Schlussstrich ziehen
Mit dem Stift auf Papier
unseren Graphit-Kosmos
dem Untergang weihen

Lass uns
den gezirkelten Kreisen
die geliebte Tangente verwehren
Wir alle
wären gerne mehr gewesen
als 360 Grad

Wir wollten immer
unendliche Geraden zeichnen
aber sie blieben
Strecken auf Papier
Einen messbaren Bleistiftstrich lang
Und es wäre vermessen zu sagen
wir hätten es so gewollt

Unüberwindbar
scheint der weiße Raum
Und in ihm schweben
Lebenslinien
im goldenen Schnitt geteilt
auf ihr Ende zu

Ralf Burnicki

Der Sound von OWL (Auszug)

Es geht ein Knacken durch OWL, ein Ton, als rutsche der Himmel von der Landschaft ab und risse dabei von Ostwestfalen bis Lippe den Sommer um, oder als hätte der Wind die Sprache geknickt. Man hört das am Kürzel: OWL, das ist wie Herbst. OWL, das ist, wo sich Bielefelder, Detmolder und Gütersloher Straßen fast begegnet wären am Menschenpool bewölkter Einkaufspassagen. Man sagt: Das wird schon. OWL, das wird gut. Ja denkste. OWL ist ein auf Nebenplätzen der Geschichte heruntergespultes Regenkonzert, das man beim Gehen auswendig lernt. Zieh dich warm an, Minden. Pack die Socken aus, Lemgo. Du wirst es brauchen. Und nimm's nicht übel, Bielefeld, denn schau mal: Herford ergeht es ebenso. Hak dich bei Herford ein oder mach es wie Paderborn, halt dich an der Landschaft fest. Glaub daran, dass der Frühling zurückkehrt mit seinen Wäscheleinen, Biergärten und Außencafés. Glaub es, denn Gütersloh zeigt mit grünen Ampelphasen auf den Mai, als ginge es ums Überleben. Bis Mai aber zählt auch Blomberg die Stunden ab, man träumt sich vorwärts, geistert durch das Dickicht der Arbeitswelt und sperrt die Fantasie ins Innere, damit die Realität an Erinnerungen abprallt. Das könnte funktionieren, jedenfalls bis zum nächsten Auftritt irgendeines Gewitters, das ein ganzes Sinfoniekonzert gibt mit Schellen, Paukenschlag und Kontrabass, also wenn der Regen auf den Asphalt eindrischt, ein Donnerwetter

live an der Innenstadt die Geschäfte traktiert und Blitze Detmold zeigen, was Handstreiche sind, da capo, bis die Nacht das Handtuch wirft. Dann wird der nächste Morgen eingeworfen wie Lichtaspirin, doch erst gegen Mittag geben die Kaufhäuser frische Medizin aus, Sonderangebote fürs aufgeflatterte Gemüt. Schau auf Bielefeld, und du weißt Bescheid.
[...]

(aus: Ralf Burnicki / Günter Specht, Der Sound von OWL, Edition Blackbox, Bielefeld 2016)

Die AutorInnen:

Nicolas Bröggelwirth: geboren 1975 in Herford, studierte Deutsche Philologie, Philosophie und Musikwissenschaft in Münster. Dort begründete er das Hochschulradio »Q« mit und betätigte sich bei diesem Projekt jahrelang als Musik- und Chef-Redakteur. Als freier Journalist arbeitet er für die Neue Westfälische, den Bonner Generalanzeiger und die Kölnische Rundschau. 1998 wurde er mit dem Hörfunkpreis »Bobby« der Landesanstalt für Rundfunk und der Deutschen Hörfunkakademie ausgezeichnet. Er veröffentlichte u.a. unter eigener Regie ein Theaterstück, Hörspiele, Kolumnen, Radio-Features, Kurzgeschichten und Lyrik.

Ralf Burnicki: geboren 1962 in Bielefeld, lebt in Herford, ist politischer Lyriker, Ex-Aktivist der Literaturbewegung »Social Beat« (Vorläufer des Poetry-Slam) und Mitbegründer der sogenannten »Anarcho-Poetry«. Er promovierte in politischer Philosophie, veröffentlichte sieben Gedichtbände, erhielt verschiedene literarische Auszeichnungen, las auf diversen Literaturtagen (Berlin, Bochum, Kiel, Magdeburg, Kamp Lintfort) und publizierte in Anthologien gemeinsam mit Autoren wie Günter Wallraff und Günter Kunert. Von der Neuen Gesellschaft für Literatur wurde er als „Erbe Orwells" ausgelobt. Über ihn schrieb die »Junge Welt«: »Was den Autor auszeichnet, ist eine intelligente Verknüpfung von sprachlicher Virtuosität mit politischem Inhalt. Wer glaubt, das politische Gedicht sei mit Erich Mühsam, Berthold Brecht oder Erich Fried ausgestorben, wird hier auf höchst lebendige Weise eines Besseren belehrt.«

Petra Czernitzki: geboren 1965 in Hamburg, studierte in Bielefeld Germanistik und Soziologie. Sie lebte lange Zeit in Spenge, schreibt seit ihrem 13. Lebensjahr Lyrik und Kurzprosa und hat bereits in diesem Alter einen Roman geschrieben. Zu ihren Veröffentlichungen zählen unter anderem der Roman »Dating ist kein Zuckerschlecken«, verfasst als eine der Autorinnen von Fairy Gold, erschienen 2015 bei Droemer Knaur und »Jämmerling« in »Silberbergpreis - Die besten Gedichte«, 2013. »Der Optimistenmörder« erschien in »Die besten Kugel-Schreiber aus dem Lyrikwettbewerb Wachtberger Kugel 2017«.

Fake News 21
Freitagabend 125
Landpartie 65
Der Liebeszauber 95
Scheiterhaufen 121
Ungesagt 103
Der zweite Frühling 51

Michael Helm: geboren 1969 im Ruhrgebiet, ist Schriftsteller und Rezitator. Nach dem Studium in Bochum war er einige Jahre als Lehrer im Rheinland und später in Ostwestfalen tätig. Über zehn Jahre lebte Michael Helm in Enger. Mittlerweile ist er wieder in Herdecke (Ruhr) beheimatet. Seit über 16 Jahren macht er Lesungen, gestaltet Literaturabende und Lesungen zu verschiedenen Autoren und eigenen Veröffentlichungen. 2007 wurde er mit dem LfM-Bürgermedienpreis NRW für ein Radiofeature zum Werk des Schriftstellers Jorge Semprún ausgezeichnet. Seit einigen Jahren arbeitet er auch kulturpädagogisch in Lese- und Schreibwerkstätten. Verschiedene Veröffentlichungen.

Das Feuerzeug 67
Die Stimmen der Rua da Prata 39
Unscharf 105

Artur Rosenstern: geboren 1968 in Georgijewka (Kasachstan), lebt in Herford, studierte Musik an der Hochschule der Künste in Bischkek. 1990 Übersiedlung nach Deutschland. Arbeitete zunächst als Musiklehrer. Weiteres Studium der Musik, Medienwissenschaft und mittelalterliche Geschichte in Paderborn und Detmold. Freiberufliche Tätigkeit für einen Münchener Musikverlag im Bereich Musikedition. Er schreibt Lyrik und Prosa. Shortlist beim Berliner Schreibwettbewerb »Federleicht 2012«, Preisträger beim »Federleicht 2013« in Berlin in der Kategorie Gedicht sowie beim Leverkusener Short-Story-Preis 2015. Seine Erzählung »Planet Germania« ist im M. Fuchs Verlag 2015 erschienen. Er gibt international besetzte Anthologien heraus, hält Lesungen und gehört seit 2016 dem Redaktionskollegium der Literatur- und Kunstzeitschrift RHEIN! an.

Norbert Sahrhage: geboren 1951 in Spenge, studierte Geschichte, Sozialwissenschaften und Sport in Bielefeld. Er ist Historiker und Krimiautor, unterrichtete von 1981 bis 2015 als Lehrer an einem Gymnasium in Bünde. Promotion 2004 über den Nationalsozialismus in Ostwestfalen (»Diktatur und Demokratie in einer protestantischen Region. Die Stadt und der Landkreis Herford 1929 bis 1953«, Bielefeld 2005). Zahlreiche weitere Veröffentlichungen zur Regionalgeschichte. 2010 erschien sein erster Kriminalroman »Der tote Hitlerjunge«, dann »Blutiges Zeitspiel« im Jahr 2012 und »Lehrermord« 2014. Darüber hinaus veröffentlichte er auch einige Kurzgeschichten. Zuletzt: »Der Mordfall Franziska Spiegel« (2016).

Am Ende des Weges 77
Der gestohlene Kriminalroman 7
Träume? 31

Christine Zeides: geboren 1995 in Rostock, wuchs in Bünde auf. Sie schreibt Kurzprosa, Lyrik und Theaterszenen mit reichem Themenspektrum, ist Musikerin, Grafikerin und Fotografin. Für ihr Medizinstudium zog sie 2014 nach Berlin und ist dort Gründungsmitglied des Lyrikkollektivs »Lyrik im Baumhaus«, mit dem sie regelmäßig politische, musikalische oder experimentelle Performances erarbeitet. Diverse Veröffentlichungen von Fotos und Texten beispielsweise im Chili-Verlag und im Tentakel-Literaturmagazin. Sie ist unter anderem Preisträgerin in der Kategorie »Gedichte« beim Berliner Literaturwettbewerb des Literaturpodiums.